レトロンハウスにおいでよ!

ロン・ロン
LONLON

文芸社

もくじ

第八章　盲亀浮木　113

第九章　今生　125

第十章　千の風になって　146

第一章　故郷の風景

田んぼ

育った自宅の目の前は田んぼ。春は一面レンゲ畑。レイを作ったり、レンゲの上に敷いたゴザの上に寝て空を見るのが好きだった。草の匂いとレンゲの中に沈んでゆく感触。レンゲの季節が終わると、農家のおじさんが牛を引いて田植えの準備をし、水の入った田んぼの中はおたまじゃくしの卵がいっぱいだった。夏は蛙の合唱が始まる。私はちっとも気にならず、夜は虫の声で心地良く眠った。秋は稲こづみが田んぼのあっちこっち。陣取り合戦や野球などで稲こづみを壊して、何度、おじさんに叱られたことか。

田植えや稲刈りの時にいただいたおにぎりの美味しかったこと。農家の人たちはこんな美味しいおにぎりを食べているのだと子供心に農家の特権を感じた。子供たちは一年中、田んぼのお世話になっていた。私たちの遊びの場だった。

暗くなるまで遊んで親に叱られて泣いて隠れた稲こづみの中。田んぼは近所のおじさんやおばさんと同じ、いつも子供たちを見守ってくれていた。私は学校で習った唱歌を田んぼに向かって大声で歌った。今、田んぼのあった場所はアパートに変わった。思い出の田んぼは、私の心の中だけになった。

森

国道10号線ができる前、家から駅までの道のりに小さな森があった。子供心に親と一緒でないと怖いものがあった。一人で通ろうと思うと勇気がいるし、ただただ明るい出口を目指して走るものだから、恐怖心だけがつのった。

ところが親や姉妹や友達と通ると、森の顔がまったく違うのである。森独特の香りがするし、鳥のさえずりが聞こえるし、太陽の恵みの木漏れ日さえ体の奥まで入ってくるのである。友達と入ると探検したくなるような魅力的な森、ひんやりとした森の中には、やはり子供心に何ものかが住んでいるように感じるのだ。だから誰かが一人「おばけ〜！」と叫ぶとみんな出口に向かって一目散に走りぬけた。トトロが住んでいたのかな？

駄菓子屋さん

近所に駄菓子屋さんがあった。布袋様のような大きなお腹をしたおじさんが店にいた。ガラス瓶に入ったあめ玉やせんべいが棚に並べられ、たくさんのくじ引きが所狭しと広げられていた。私の目には「おとぎの国」のようにキラキラしていた。

当時私の小遣いが一日五円。くじ引きは五円と十円の二通りあり、くじ引きが好きな私は五円だと一回しかできない。空腹の私はできるだけ口の中に長くある硬いあめ玉を買った。思いきりくじ引きをしたかった。子供心にこの店の子供はいいなあと思った。おじさんが亡くなり長男のお嫁さんが赤ちゃんを連れて店番をしていた。そしてまた思った。この店のお嫁さんはいいなあ……と。

それから月日が流れ、大人になって実家に帰った時には店はなくなっていた。あの赤ちゃんは店の前にある踏切事故で亡くなったと聞いた。あの駄菓子屋さんは幼い頃の小さくて甘い、そして切ない思い出を残した。

昔の火葬場、知っている？

近所の山のふもとに、やぐらみたいなのがあった。まあ相撲の土俵みたいだった。土間のまん中に十字の型の堀があって、その中に炭を入れ、その上にお棺を載せて焼くらしい。火が消えるまで番人が一晩中見守っている。番人はお酒を飲みながら朝を迎えると聞いた。子供の頃、近所の子たちと一緒に、金物や空ビンを集めて、廃品回収業のおじさんたちに買ってもらっていた。勇気のある男の子は誰も行きたがらない焼場に行って、空の一升ビンや堀の穴の中から金歯を見つけて売っていた。私は恐い思いまでしてお金が欲しいとは思わなかった。でも、こんな私でも勇気を出してやったことがある。

焼場の前に田んぼがあって、そこにたくさんの田芹が生えていた。前に父が「水芹より田芹の方が、香りがあってうまいんだ！」と言っていたのを覚えていた。私は父に食べさせてやりたかった。恐かったけれど、焼場の方を見ないで、父の喜ぶ顔を思い浮かべながら、恐る恐る採った覚えがある。本当にいい香りだった。

リヤカーでお棺が運ばれた日は、焼場の煙が山のふもとから流れて恐かった。お風呂場が外だったので火葬のある日は早く入った。母は夜空を見ながら言った。「母さんネ、火の玉見たことあるよ」って。もうキライ！　いつも恐いこと言うのだから！

炭　団

昔、汽車は石炭で走っていたので、各駅に石炭箱があった。上からどんどん石炭を入れるので、下には石炭の粉がたまってくる。

父は四人の子供たちにバケツを持たせ、集めたこの粉を駅から自宅まで運ばせる。これは国鉄職員の特権かもしれない。子供はこれに水を加えて団子にする。つまり風呂の燃料にするのだ。これを炭団《たどん》というのだけれど、庭の枕木に団子を並べて乾かして使う。子供に団子作りをするぞと言えば、遊びになるのである。運ぶことは苦にならず、団子作りが楽しいお手伝いなのだ。私は父の手伝いが好きだった。学校から帰ってきて父がいると、友達の遊びよりも父の薪割りの手伝いを選んだ。

練炭ゴタツ

ほとんどの家が練炭ゴタツだった。テレビを見るのに、寒いので身体はコタツの中、頭だけ出して見ていた。時々コタツにもぐって、おもちを焼いていると「死ぬぞ！」と言って、父は四方の布団を上げた。練炭ゴタツでなぜ死ぬのか、恐さを知らなかった。父の同僚が練炭ヒバチで死んだと母と話していた。赤ちゃんが生まれたばかりなのにと母が言っていた。

「一酸化炭素中毒」というのは、子供には理解できないかもしれない。「火」みたいに見えるものでもないし、「ガス」みたいに臭うものでもないので、教えるのは大変だ。誰とケンカしたか覚えてないが、「死んでやる！」と言ってコタツの中に入ったことがある。その時、父は私をコタツの中から引きずり上げ、思いきり、たたかれた記憶がある。たたかれないとわからない私。こまった娘である。

ガス屋に嫁いだ私は湯沸器の「一酸化炭素中毒」の恐さを知った。親の気持ちも知らずに「死んでやる！」と言った言葉に子供のずるさを感じ、心の底から父に申し訳ないと思う。

父さん、ボコボコにたたいても良かったのに！

寒い朝

田舎の朝は寒い。田んぼの中をザクザクと音を立てて歩く。稲の切り株のまわりには霜柱が立っている。霜柱のまわりの薄い氷をバリバリと割りながら、足先で冬を感じ、指先に白い息を吐きながら、春を待ちわびた。そして登校中いつも歌う歌が、

♪北風吹きぬく寒い朝も　心ひとつで　あたたかくなる♪

学校は掃除から始まる。雑巾は凍っている。バケツの水も冷たい。手を入れると頭が痛くなる。雑巾を絞るのも冷たいので手を抜いて軽く絞る。その結果ベチャベチャ廊下になってしまう。それを見ていた同級生が、

「竜子ちゃん、かして！　絞ってあげる。雑巾は固く絞るものよ！」

と、しもやけだらけの手の甲はあかぎれで腫れていた。その手で冷たいバケツの水の中、ザブザブと雑巾を洗い、今にも血が出そうな手で固く絞ってくれた。私は掃除が終わるま

で、自分で洗うことなく、その雑巾を使い続けた。彼女は、汚れた雑巾をみんなから受け取り、冷たい水の中で洗った。ぎゅっと絞ったとたん、手の甲から血がにじみ出た。痛いとも言わず黙々と雑巾掛けをしてゆく。私はその手をじっとながめ、観音様の手のように思えた。放送室からは「冬景色」の曲が流れていた。今もこの曲を聴くと彼女の手を思い出し、胸の痛みを覚える。

七輪の火

まだ十一月だというのに、風と小雪が降り出した。家の前の竹やぶの葉がザワザワとこすれ合う音が、ますます寒さを感じさせた。今日は、私が学校から帰るのが一番早かった。ということは、私が火熾し当番。こたつの火熾しは早く帰った人がやる、なんとなく無言の約束事となっていた。

竹やぶを見ながら七輪を出し、消しつぼの中から消し炭を出し、火をつけ、その上に練炭を置く。練炭に火が点くまで、外でじっと待つ。待っている間、そばに「なつめの木」が目に入った。実がついていたので、かんでみた。硬くおいしくなかった。なんでこんな木、植えているのかなあーと思いながら、練炭の着火がすみ、私の役目は終わった。

後日、「なつめの木」を調べてみたら、花言葉「健康」風水「幸運の木」東南吉、薬にもなる「なつめ」。なんだ、父はいざという時のことも考えて植えていたんだ。恐れ入りました！

友達の家

学校から、それほど遠くないところに住んでいた私。それでも、家から見えるのは田んぼと山。夜は星がきれいだった。

ある日仲の良い友達の家に泊まりに行くことになった。一応、試験勉強という名目で親に許可を取り、バスに乗っていった。彼女の家は学校から遠くバス通学をしていた。夕食を終え、夜の裏山を見に行こうと外に出て、小高い草原に寝そべった。なんと……生まれて初めて星が降っている空を見た。全宇宙の星が、ここに集まったかのように、ふりそそいでいた。心臓の高なりも聞こえた。

「ねえ、ホウキ、ない？」と言いたくなるような近くにいる星。カゴに入れて持って帰りたくなった。ホタルだったら持って帰れたのに……学校が遠くて、不便でかわいそうだなあと思っていたけれど、あんな素晴らしい星を、そして夜空を独り占めしている彼女のことを、ちっともかわいそうだと思わなくなった。

川の包容力

家のまわりは田んぼに囲まれているが、昔は「パラチオン」という毒性の強い殺虫剤が使われていたので危険極まりない環境だった。赤い旗が田んぼに立っていると、楽しみにしていた水泳が禁止になる。

ある日、事件が起きた。友人が犬を連れて散歩している途中、犬が田んぼの水を飲んで死んでしまった。当時、犬が田んぼの水を飲むことは普通だった。危険な農薬で育った米も危ないということでパラチオンは使用禁止になった。

また、こんなこともあった。川で泳いでいると、どんぶりこ、どんぶりこと糞尿が流れてきた。上流の方で汲み取り業者の人が流したらしい。当時は無責任というか、まったく不衛生極まりない。その上、橋の横はゴミ捨て場になっていて、生ゴミ、缶、ビン、なんでも捨てられていた。昔の川は行水したり、洗濯物を洗ったり、汚物を運んだり、農業用水になったり、三途の川の通り道にもなったりしていた。

すごい包容力だ！　川は父であり、母でもあった。

川は最高の遊び場

家の近くに、泳ぐのに適した川があった。橋から全体を見渡せるので、子供見守り当番も欄干に腰かけて見守ってくれていた。川に入るのに階段はなかった。橋の横に石垣があり、手と足で上手に登り下りをする。子供は関節が柔らかく、それなりの筋力があるから、なんなくできる。時おり石の隙間にヘビがいることもあり、「キャー！　キャー！」とうるさいほど声を張り上げた。

殿様蛙みたいな大きな蛙もいて、男の子から遊び半分に背中に蛙を投げつけられる。泣いて帰ったこともある。私にしたら面白半分どころではないのである。

浅瀬から上流に行くと、飛び込み岩がある。そこで私は川の中に潜って石取りを覚えた。

上級生は、そのまた上流に行って「淵」というところまで行く。根性試しだ。根性なんか、なくていい。そんなに暗くって深いところなんか行きたくない。

一時間ぐらい泳いでいると決まって入道雲が出る。「もう上がれ！」と言っているようだった。石垣を登って家に帰っていく。泳いだ後の昼寝は最高だ！　縁側から吹いてくる風が、心地良かった。

映画館　その一

こんな田舎の町でも当時、映画館が二軒もあった。両親が映画館に行く日は、子供たちにとっても楽しい日だった。親は親で日常の生活からちょっとだけ解放され、仲良く出かける姿は、ほほえましかった。

「行ってきます」。とたん、お楽しみはこれからだと言わんばかりに私たちは、タンスの中の着物を取り出し、「お姫様ごっこ」を始めた。長い髪にあこがれた私は大風呂敷を頭で結び、長い髪のつもりになる。帯は結べないから、「だらりの帯」になる。

次は「かくれんぼ」。小さな家だから、すぐ見つけることができる。帰ってくる頃はみんな寝入ってしまっている。散らかした着物のことで一度も怒られたことはなかった。母としては、楽しみはお互い様と思っていたのかもしれない。今度、映画に連れていってもらおうと思った。

映画館　その二

念願かなって、映画館に連れていってもらえることになった。町には「東映」と「中映」の二つがあった。私が行った映画館は「中映」。日本映画で内容も題名も記憶にない。ただ最後の場面で子供が「お母さん――」と呼んで泣いていたシーン。私も一緒に「お母さん――」と大声で泣いたことは覚えている。

終わって父の背に肩車されて、一斉にみんなが帰路につく。田舎は娯楽がないから、なんとお客の多いこと。カランコロンとみんなのゲタの音が、寝静まった夜の町に響き渡った。ほほに当たる冷たい夜風と夜空、そしてカランコロン。私には忘れられない光景だった。

不器用な家族　その一

私の知っている限り親戚に農家の人はいなかった。農家の大変さは知らないけれど、何も経験ない私たちに稲刈りを手伝ってという話があった。昔は人手を借りて稲刈りをやっていたのである。

稲刈りの鎌がこんなに切れるとは知らなかった。我が家の草刈り鎌は何度も往復しないと切れないのに、渡された鎌は稲の株をスパッと切った。やはりプロの鎌だなと感心した。私は一株一株、ていねいに切った。

その時「キャー！」なんと母があの鎌で指を切った。ドクドクと血が出る。まっ白な包帯をした母の姿を見て、農家の娘じゃないなとはっきりわかり、私たちは役に立たないなーと思った。それからしばらくして、農家のおばさんが新米を持ってきてくれた。初めての稲刈り、これほど、おいしい新米はなかった。

不器用な家族　その二

家の前には竹やぶがあり、今まで竹を切る時はナイフで切っていたが、どうしたことか、なぜなのか覚えてないが、ナタで竹を切った。今までにない切れ味、スポッと竹とともに親指をかすめて切ってしまった。血が止まらない。家には誰もいない。近所の親しくしているおばちゃんの家に走っていった。すぐにオキシドールを何度もぬって処置をしてくれた。本当にいつまでも泡が出るわ出るわで、ばい菌を出してくれた。お陰で破傷風にもならず今も親指の傷跡が当時を物語っている。

首にも傷跡がある。道の曲がり角に竹を積んだトラックが止まっていた。走っていた私は、そのトラックに気づくのが遅く、竹の先が首に突き刺さった。本当に場所が悪ければ命取りだった。まったく性懲りもなく、ケガばかりする子供だったんだなあーと思う。

妹にも思い出がある。今は陸橋があるが、当時の駅は線路を渡る時ホームに鉄板があって、駅員さんが鉄板を上げている間に線路を渡り、渡り終えると鉄板を下げる。妹はその鉄板に指を挟んでしまい、指が変形し、爪がいつまでもまっ黒だった。

これらのこと、今だったら大変なことなのに、当時は何事もなかったことが不思議だ。すべて自己責任だったのかもしれない。

美田を残すな

我が家は卓袱台と鉄なべから始まったと父から聞いた。つまりゼロからの出発だ。「金」はなくても、父はそれ以上の思い出を残してくれた。美田を残すなという話もしてくれた。父さんが死んだら、すべて母さんの物にする。不動産はケンカの元になるので、「町に寄附する」と言っていた。わずかな財産でも「棚ぼた」は誰でも欲しがる。

父が死んだ時、長姉は父がお世話になっていた団体やグループにしっかりお返しをした。すべて「けじめ」をつけて父を安心させてあの世に送り出した。母は生きている時から、身の回りの人たちに気配りをしていた。ガムをたくさん買い、宅配便の兄ちゃんに眠くならないようにと……。近所で道の工事をしている人たちには一箱ジュースを持ってゆく。いろんな人からお礼を言われたと孫が言っていた。母も父の教えを守り美田を残さなかった。

第二章　私の少女時代

自由人

私は子供時代から自由人だったように思える。今でも不思議に思うのが小学生の時、一、二回学校に行かなかったことがある。「行ってきます！」と言いながら、前の竹やぶの中に入り、子供たちで作った隠れ場で時を過ごし、母が働きに出たあと家に帰って、見つからないように押し入れの布団の中に隠れて寝た。

今考えても、どうしてそんなことしたのかわけがわからない。ただ学校に行かなかったのだから、先生から親に連絡があるはずである。親は夕方になっても何も言わなかった。姉妹だって私がズル休みしたことがわかっていたのに、何も言わなかった。どうして両親は黙っていたのだろう？　もう二人とも死んでいるので聞くことができない。我が子が私と同じことをしたら、私はどうしたであろう？　両親は何歩も先を見ていたのかもしれない。長い人生、これぐらいのズル休みなど大目に見ていてくれたのかもしれない。太っ腹!!

額のキズ

私は額から鼻にかけて記憶にないキズがある。なんだろうこのキズは？　ある時次姉と生まれ育った時の思い出話にその理由がわかった。

近所に神社があって、ブランコがあったそうだ。次姉が立ちこぎして妹の私がその間に座って二人乗りをしたそうだ。次姉は立ちこぎをしてゆく。どんどんこいでゆく。私は、もっともっとと言ったらしく、次姉が大きくこいだとたん、私は飛んでいったらしい。額から血を流していた私を見て次姉は大泣きしたそうだ。そうか、その時のキズか！

夢の中でブランコをこいでいて手を離したらどうなるのだろうと思いながら、離したとたんに目が覚める。これは記憶の中の夢だったのだ。暗い谷底、ジェットコースターの下り坂、眼下に海を見渡せるつり橋の道路……現実と空想の世界で身体を萎縮する私である。

困ったものだ。神様、私に翼をください。

五人目の私

小学一年生の時、音楽の時間に「さくら」という歌を口ずさんでいたら、先生から「いい声しているね～」と言われ、なんとなく自分はいい声なんだと思った。

四年生の時にクラスで「どこかで春が」を合唱することになった。独唱するところがあるので、男二人女二人を選出することになった。一人ずつ歌わせた。私は女二人の中に入ると思っていた。しかし、補欠だった。この悔しさは今でも忘れられない。仕方ない……実力の差なのだからと発表会まで一緒に練習しながら補欠の悔しさを知った。

大人になった今でもその屈辱感は忘れられず、施設でこの歌を唄う時は、小学四年生の時に落選した話をする。唄い終えると、入所者から「良かったよ！」と励ましの声と拍手が返ってきた。こうして今でも唄っているのは五人目の私だけである。

いたずら好きのトイレの神様

「先生！　トイレに行っていいですか？」

授業中どうしても我慢できず、手を挙げてトイレに走った。中学二年生の時だった。当時の校舎は古くてトイレは外にあり、教室とは渡り廊下でつながっていた。すべて木でできている汲み取り式の便所だった。放課後トイレの怪談ができるのもわかる気がする様式だ。

用を足したあと、出ようと思ったら外鍵がかかっていた。木でできて釘で打ち込んだ簡単な鍵だ。ゆるくなって自然とかかったのだろう。ドンドンたたいてもダメだった。

「助けて！　助けて！」

叫んでもダメだった。どうしよう。授業が終わるまで待った方がいいか……でも終わるまで時間はある。木のドアによじ登ってみた。ノブには手が届かない。何度も挑戦したが無理だった。トイレの中を見回しても何もない。そうだ！　上履きをぬいでそれを棒がわりにドアのノブを動かした。涙が出た。

教室に入ったとたん先生が、

「おい！　ずいぶん長いトイレだったなあー」

と言うとみんな笑った。トイレのことは言えなかった。

マッチ箱

小学校の頃は検便制度があった。毎朝、運動する父は定時に便を出すことができる。父に頼むと、そこに並べとけと言い、トイレにマッチ箱を持っていった。二人分マッチ箱に便を入れ、私たちは学校に持っていった。その結果「回虫」がいた。

「イヤだ！　今度はお母さんの持っていく！」と言った。

考えてみれば、当時はどこの家も汲み取り式トイレで、糞尿は「肥やし」として使っていた。そしてその野菜を食べるから、父だろうが母だろうが、家族の誰か一人に回虫がいればみんないたと思う。私はそれがイヤで思いきり洗剤を入れて泡だらけにして洗った。まさしく複合汚染の始まりだ。有吉佐和子の『複合汚染』を読んで、洗剤の恐さを知った。それから私の人生は変わった。知らないということの恐さ。知らないといけない安全性。

今は身の回りの安全性を考える人間になった。

脇の下

学校には身体検査というのがある。私には脇の下に五百円玉ぐらいの丸い毛の固まりがあり、身体検査の前日は風呂場で父のカミソリでそっていた。

ある時、学校で名前の由来を親に聞いてくるようにと宿題があった。父に聞くと、

「お前、脇の下に毛が生えているだろう」

と言われ顔がまっ赤になった。このことは私ひとりが知っているものと思っていた。

司馬遼太郎の『竜馬がゆく』を読んでごらんと言われた。坂本竜馬の名前の由来は背中に「たてがみ」があったので「竜馬」。私も生まれた時に脇の下に毛の固まりがあったので「竜子」としたそうだ。なんだ！ てっきり辰年だから竜子にしたと思っていた。なんとなく坂本竜馬が身近な人になった。徳島に遊びに行った時、竜馬像に「お久しぶり！」と声をかけた。

お賽銭

四人の子供たちを育てるため母も働いていた。私と妹は就学前だったので職場についていって近所で遊んでいた。隣に神社があった。神社のまわりには柿の木があった。美味しそうな橙色の柿。渋柿だとわかっているのに美味しそうな色に負けて齧ってみた。

「あっ渋い！　ペッ！」

賽銭箱の横に二十円落ちていた。神様が見ているのに私は猫ババした。

「神様、ごめんなさい。必ず返しますので……」

私はその先にある駄菓子屋さんに行って駄菓子を買った。空腹を満たしたが、罪悪感も満たした。誰にも言わず、後日返しに行った。

「本当にごめんなさい」

心がすっとした。就学したある日、クリーニング屋さんの前で三十円拾った。すぐそこの店主に届けた。後日、おまわりさんが自宅に来て言った。

「正直に届けてくれてありがとう。落とし物届出がなかったので君の物だよ」と……。

賽銭箱のこともあったので心苦しかったけれど神様が許してくれたのだと思った。

おやつ

小学生の頃、甘い物は少なかった。食料も代用食が多かった。親は休みの時は「らっきょ」「梅干」「白菜」など漬物を作っていた。学校から帰って何もない。お腹は空いている。仕方ないから「らっきょ」を食べた。缶の中に入っている「いりこ」をかじった。みずやに入っている角砂糖をなめた。母は休日の時は公民館にあるパン焼き窯を使って、パンを焼いてくれた。私たちはいろんな型のパンを作って楽しんだ。そしていく日かは、心も身体も満たしてくれた。何もない時代があったからこそ、物の有り難さがわかる。当たり前と思う前のことを知っていることに、今は感謝！

麦御飯

私は麦御飯が嫌いだ。御飯と一緒に炊くと麦は軽いので上の方にある。かき混ぜる前に下の方にある米ばかりを茶碗にとる。子供の頃は、ほとんどの家は麦御飯だった。他の姉妹たちは嫌でも嫌と言わなかった。私は母に言った。

「お母さん、私がもし死んだら、お仏飯はお米にしてネ」

「本当に、お前は麦御飯が嫌いなんだねぇ～」

山芋汁にしたら麦も米も一緒に喉を通るから、夕飯は山芋汁にしようと父は母に言った。いりこで出汁をとった山芋汁は本当においしかった。御飯にかけて食べた。しかし私の舌は麦だけを口の中に残して飲み込むことができず、トイレに行って吐き出した。父は怒った。

「何も食べさせるな！　本当に腹が空いたら、なんだろうが食べる。ほっとけ！」

私は泣いた。どうして麦が嫌いなのだろう。私はその夜、食べなかった。好き嫌いのせいでバチが当たり、私は「よろけ」になった。つまり、よく体育館の朝礼で倒れる子供の一人であった。

よろけ

前にも書いていたけれど、朝礼でよく倒れていた。小学四年生の時、授業中にも気分が悪くなり、働いていた母は学校に呼び出され私は母に背負われて帰路についた。相変わらずタオルをかぶり、母の小さな背中は何度も私を背負い直した。私は母の背で田んぼのあぜ道を目で追いながら、こんな自分がイヤになった。無口に我子を背負う母の気持ちはどんなだったろう。きっと悲しかったことだろう。

二月の寒げいこのマラソンもすぐ倒れ、職員室のストーブの前に連れていかれた。そして毛布を肩にかけられ、情けなかった。高校生の時は「鉄欠乏症貧血症」と言われ、運動は見学となった。楽しみにしていた遠足も朝礼で倒れ先生に背負われ、ひとり淋しく教室で母の作ってくれた巻きずしを食べた。涙が出た。社会人になっても、会社のグランドでテニスをやっていて気分が悪くなり、更衣室まで走っていって倒れ込んだ。

それでもいつの間にか、薬も何も飲まずに元気になった。ガソリンスタンドが良かったのかな？　朝から晩まで太陽光線に当たるし、動き回る。風邪などは、ほとんど引かなくなった。この嫁ぎ先の風土が私に合っていたのかもしれない。鎮守様と気が合っていたかもしれない。拝礼。

運動会　その一

私が子供の頃、母は運動会の前の晩から料理をした。漆塗りの重箱セットにどんどんおかずを詰めてゆく。私は運動会ではまったく目立たなかった。妹は走るのが速いので、いつも胸元には赤いリボンが揺れていた。地区対抗リレー、紅白リレー、クラス対抗リレーなど、いつも選出されていた。私はいつも「ふつう」だった。

学年別リレーがやってきた。身長順に並んでいよいよ入場だ。酒を飲んだ父がタオルをかぶり、三階の校舎の窓から身体を乗り出して全校に聞こえるような声で「竜子！　ガンバレー！」と叫び、クラスの仲間が一斉に上を向く。

「あっ、竜子ちゃんのお父さんだ！」

私は父に向かって大きく手を振ったが、父の応援も空しく結果は「ふつう」だった。

昼休みになると一斉に親のところに向かって食事をする。運動会は田舎の人たちのお祭りだなあと思った。家族の輪の中で重箱の漆の匂いと重箱のすれ合う音が心地良かった。

運動会　その二

そして今、私の家族は三人だ。しかし我が子の運動会の時は十人分ぐらい料理をした。両親、妹夫婦、友人夫婦と声をかけるものだから、私も母と同じ前の晩から料理を始める。すべて手作りだから下ごしらえが大変で、まるでお正月料理そのものだ。朝方、やっと出来上がる。一度だけオードブルをとったことがある。そうしたら、みんなオードブルには手をつけず、手作りした物に手を出す。それからは朝まで作るようになった。

運動会が終わり、そのまま私は夕方まで爆睡する。誰もとがめもせず、私は堂々と眠りにつく。目を覚ますと主人と子供は運動会の残りのおかずを食べながらテレビを見ていた。二人の眼差しは私に「お疲れ様でした」と言っているようだった。

秋祭り

運動会が終わると、秋祭りの季節がやってくる。神社のまわりには出店が集まって、屋台が出たり、舞台ができたりで、にぎやかになる。子供たちはお祭りの小遣いが普段の四倍になる。普段は五円、つまり二十円、すごい大金なのである。迷い迷いながら、菓子類を買ってゆく。母も欲しかった皿や茶わん類をまとめ買いをする。

夕方、ころんで帰ってきた。そして自慢話をする。

「そこの坂道で足がすべったのよ。両手に皿と茶わんを持っていたので、割ったら大変と思い、とっさの判断でお尻から、ころんだのよ。すごいでしょう」と……。

まあ母さんの欲と運動神経が勝っていたのでしょうと思った。今はこの町も人口が減ってしまって、活気がなくなってしまった。息子が小さい頃、実家に連れて帰った時、「母さん、この町は、お年寄りばかりだね」と言った言葉が今も残っている。

ラジオから

物心ついた時から、私の外の世界の情報はラジオの音から始まった。父の枕元から聴いた浪曲。学校から帰ってくると連続小説の「がんくつ王」をラジオの前で聴き入った。そして主人公が哀れで泣いた。この人の人生はなんだと思っているのか！　取り返しのつかない年月を想像して泣いた。

また、ある時は花菱アチャコ、横山エンタツの漫才を聴いて家族みんなで涙を流しながら笑った。ラジオの音が聞きづらくなると、ボンボンラジオをたたいた。直る時もあったので子供はたたいた。ラジオは私を想像する世界へ導いてくれた。

大人になっても大人になりきれてない私。今でも続く想像と空想の世界、東京に就職した当時、私は、やはりラジオの世界が忘れられず、夜は城達也の「ジェットストリーム」を聴きながら、遠い田舎の風景を音楽とともに思い浮かべながら、眠りについた。

ひょっこりひょうたん島と宇宙家族ロビンソン

小学生の頃、テレビで「ひょっこりひょうたん島」という人形劇ドラマがあった。島が漂流して、いろんな島で日常起こる問題を解決してゆく物語だったと思う。それに似たような外国のドラマで「宇宙家族ロビンソン」というのもあった。ロビンソン一家の宇宙船が故障して、いろんな星に旅する話だ。まったく根本は同じで星と島、内容は人間の心の葛藤、生きる知恵、子供心に仲良くすることの大切さ、人の心の弱さ、悲しみ、強さ、勇気などテレビを通じて教わったような気がする。子供は純粋だから、作者の意図することの一番の理解者だったかもしれないと思う。なぜならば、六十年ぐらい前なのに、私の脳裏には、あのドラマの教えが今でもよみがえるからだ。

無口な女の子

養護学級に入ったり、普通学級に入ったりする女の子がいた。美人だったけれど無口で学力が足りなくなると養護学級に入り、学力が戻ると普通学級と行ったり来たりしていた。まったく接点がなかったのだけれど、六年生の時、帰り道が一緒だったので、何げなく話をした。想像していた女の子ではなく、ハキハキした明るい女の子だった。家にも寄ってみた。暗い部屋で空気が悪かった。普通学級の時の暗さは家庭環境のせいだなあーと思った。

普通学級では先生から質問されても「うん」とも「すん」とも言わない、まどろっこしい女の子だった。ところが養護学級に入った彼女は、まったくの別人で、級友の面倒は見るし、ハツラツとしていた。この女の子は大人になったら素敵な社会人になるだろうなと思った。六年生の時のこの経験は、いろんな角度で物事を見なくてはいけないよと女の子が教えてくれたような気がした。

お隣さん

お隣には二人の姉妹がいた。子供の頃、私と妹はこの姉妹と仲良しだった。お父さんはタクシーの運転手さんで、その日は夜勤だった。夜中ドンドンと戸をたたく音がし、隣のおばちゃんの声がする。両親が起きて話し声が聞こえ、父が出ていった。朝、父が妹のTちゃんが「疫痢」で死んだと言った。父は夜中、急病のTちゃんを病院に連れていったそうだ。その日保健所の人が来て、隣の家を消毒した。葬式が終わり、木箱に入った骨が仏壇に置かれた。父が私と妹に言った。

「隣のおいちゃんが夜勤の時は、おばちゃんもSちゃん（Tちゃんの姉）も二人だと淋しいと思うから、泊まりに行ってあげなさい」と……。

私と妹は正直こわかった。仏壇の前に私の布団は敷かれ、眠れず夜中に目を開けると白い木箱と写真、写真のTちゃんの顔が寂しそうだった。無理やり目をつぶって朝を待った。そしてやっと木箱はお墓に入った。私たちの役割も終わった。本当にほっとした。父が「よくやった」とほめてくれた。夜中に時計のボンボンと鳴る音がこれほど聞こえたことはなかった。

第三章　四人姉妹

春夏秋冬

春は長姉で夏は妹、秋は私で冬は次姉――私が思う姉妹の春夏秋冬。

長姉は冬に弱かった。手に、はあはあと息をかけながら、いつも寒い寒いと口ぐせで言う。こらえ性がないなあと妹ながら思った。四月、春を待ちわびていた長姉の顔は穏やかで花のようだった。妹は裏表がなく、物事をはっきり言う。夏の太陽そのものだ。秋は私。月を見ながら物想いにふける。紅葉の木に物の哀れを感じる。次姉は冬。環境は大変だが、なんとかこの状況を乗り越えようとする。

私の目から見た姉妹の春夏秋冬。それぞれの良さや欠点があるが、父が言うように、仲良く力を合わせて、できることをやろうと思う。

ボストンバッグ

人間は過去を材料に形成されているという。私の過去の引き出しには幼児期の棚が多い。ではボストンバッグという引き出しを開けてみよう。

それは中学生の時、修学旅行の早目の準備が裏目に出た事件。当時の修学旅行はなぜかお米を持参することになっていた。父は当時にしては珍しいモスグリーンのビロードのボストンバッグを用意してくれた。私は嬉しくて荷物の準備に余念がなかった。

旅行の二日前の夜、バッグの底にお米を入れた。朝、枕元にお米がこぼれていた。大事なバッグの底がかじられ無残な姿に。

「ネズミだ！」

枕元なのにまったく気づかなかった。あまりのショックで涙が止まらなかった。家族のみんなも驚きのあまり声にならなかった。その時高校生だった長姉が言った。

「竜子、泣きなさんな。姉さんがなんとかしてあげる！」

当日の朝、枕元には見事な花の刺繍のバッグがあった。齧られたところは上手に刺繍で繕ってあった。前よりも素敵なバッグになっていた。長姉のお陰で私は笑顔で修学旅行に出かけることができた。

長姉

四人姉妹の長女である姉は、ネズミに齧られたバッグに刺繍をしてくれるような人だ。

小学生の頃、いとこから「ハト」を二羽もらった。子供ながらハトの本を読んだ。父に頼んで庭にハト小屋を作ってもらった。百葉箱のようなものだった。

嵐の夜、ハト小屋からガタガタ音がした。嵐の去った朝はさわやかで、一番先に小屋に行った。なんとハトがやられていた。「イタチ」だと父は言った。一羽は外で死んでいた。羽根がいっぱい散らばっていて、中に羽根をむしられて、ふるえているハトがいた。

ぎゃーっ、と私は叫んだ。まさしく全身に鳥肌が立って気分が悪くなった。

その時長姉が、赤チンと包帯を持ってきた。

「大丈夫、姉さんが薬を塗ってあげる、きっと元気になるよ」

羽根をむしられて弱っているハトのお尻に薬を塗り、包帯をしてくれた。この経験から父は屋根の上に小屋を作ってくれた。私は毎日ハシゴをかけて小屋掃除をした。

もう一つ長姉に感動したこと。東京で働いていた時、長姉と同じ家に下宿していた。親代わりみたいなおばさんが帯状疱疹になった。耳から首にかけてやられていた。うわぁ、私はまた気分が悪くなった。長姉はせっせと完治するまで薬を塗ってあげていた。もう私は長姉の足元にも及ばない。

看護婦になりたかったと言っていたが、手先が器用なので、いい看護婦さんになっていただろうなと思った。そして長姉の結婚式では、優しくしてくれた思い出とともに涙した。

長姉の顔

韓流ドラマのチャングム、「風と共に去りぬ」のメラニー。派手な顔ではないけれど、誰からも好感を持たれ、内面の芯の強さを表現することのできる美人役者だ。長姉はこの役者や役柄が好きだという。そして一言、「竜子はスカーレットみたいだわ」と……。

あーあ、わかってないなあ。私は度胸もなければ根性もない。ましてやプライドだってない。似ていると言えば、お腹が空いたらスカーレットは畑の大根を齧った。私は神社の渋柿を齧った。服が必要な時、スカーレットはカーテン生地を使った。雑巾が必要な時、私は古布団の生地を使った。ひらめきが早くすぐ行動を移すところが似ているかもしれない。

チャングムを見れば料理が上手で看護心がある長姉を思い、メラニーを見れば内面にプライドを持った長姉を感じる。二人とも長姉と顔が似ているのだけれど、自分の顔が好きなのかなあと思った。

妹

冬休みは二週間だ。小学生だった二つ年下の妹はパーマ屋さんの娘と同級生で仲が良かった。父に「同級生と新聞配達していいか」と許可申請をしていた。父は「最後までやりとげる覚悟はあるか」と尋ね、妹は「絶対にみんなに迷惑をかけない」と言い、父は許した。

早朝、まだ暗く寒い中、妹はそっと起き、新聞配達へと出ていった。隣で寝ていた私は暖かい布団の中から眠い目でちらりと妹を見て、感心しつつも、そこまでなぜ？　と思いながらふたたび眠りについた。同級生の家庭は商売繁盛している。我が家でも、欲しい物があれば、高価な物でない限り、父はなんとかしてくれる。妹は遊び盛りなのに、夕刊まで配った。そして一日も休まず、やりとげたのだ。

後日、妹は手元に新品の手袋を握っていた。これが欲しかったんだ。甘えん坊の妹の違う一面を見て、働くことの厳しさを体験した妹がすごくまぶしかった。

四本の割りばし

小学生の頃、よく姉妹ゲンカをしていたので、四人とも正座をさせられ、そこで初めて、毛利元就の「三本の矢」の話を聞いた。実践的に一本ずつ割りばしを渡され、「折ってみろ」と言う。簡単に折れる。次は四本の割りばしを束ねて「折ってみろ」と。子供たちはやってみたが、強くて無理だと降参した。ケンカすると「三本の矢」の話をした。そして耳に「タコ」ができた。結婚する時父が言った言葉を思い出す。

「姉妹の仲がいいと武器になる」

嫁ぎ先で味方がいなくても、嫁の後ろには仲の良い姉妹がいるというだけで、嫁ぎ先には脅威になると教えてくれた父は、いつも子供たちのことを考えてくれていた。

姉妹ゲンカ　その一

姉妹ゲンカをすると、必ずと言っていいほど玄関の板張りに連帯責任で四人とも正座させられていた。足はしびれるわ、お腹は減るわで、たいしたことでもないケンカを忘れてペラペラおしゃべりをしてしまう。

「声が大きいよ、父さんに聞こえるよ！」と言いながら、「お腹すいたな〜」

そこへ母がやってきて、「早く、父さんにあやまりなさい」と一言。そして「御飯を食べなさい」と……。

みんなで相談して居間に入ったら、父はとうの昔に布団に入っていて寝ていた。卓袱台の上には母の料理が「早く食べろ！」と言わんばかりに並んでいた。頭を冷やせば、時間がたてば、カッとしていたことなんか、たいしたことではないと父は知っていた。

姉妹ゲンカ　その二

年が近いせいか、次姉とは仲もいいがケンカもよくしていた。その時も「マンガの本」のことでケンカをし、不本意にも、私が悪いと言われ、頭にカッときて、家をとび出した。夕暮れ時、どんどん日が落ち、明るいところを探し、踏切番小屋の横にしゃがみ込んでいた。早く見つけに来てほしいと願ったが来ない。仕方なく、来た道をトコトコと歩いていると、目の前に父が来た。あっと逃げるよりも先に腕をつかまれ、小脇にかかえられた。川幅に大きな石がトントンと渡れる間隔のトントン橋を渡る時は、夜道なので足を踏みはずすのではないかと恐く、父にしがみついた。岩に当たる水の音が、やけに大きく聞こえた。田んぼのあぜ道に、なぜかほっとした。父は、私をおろし「風呂に入って御飯を食べなさい」と言った。この時初めて涙が出た。

次姉が「はい。マンガの本」と持ってきた。家出するほどのこともない、今、思うと、たかがマンガの本のことなのに、当時は「されど、マンガ」だったのかもしれない。

姉の思い出

東京で一緒に下宿していた長姉、服飾関係の仕事をしていて、一室は姉のアトリエになっていた。歯ぎしりするので「ウルサイ！」と言っても姉は気づくことなく寝入っている。姉と相談すると、生地の芯になっているダンボールの棒でたたいていいよという。早速、夜、うるさいのでたたくと、その時だけ止まる。何度もたたきたくないので諦めた。姉に言うと覚えてないという。そのうち慣れてしまった。

姉はおっとりしているけれど芯は強く、弱々しそうに見えるけれど力持ち。私は健康そうに見えるけれど虚弱、力持ちそうに見えるけれどへっぴり腰と、下宿のおばさんから言われた。

姉は料理も得意だったので、お正月のおせち料理はすべて姉が作った。結婚してからも家族みんなが集まり、父を中心に歌あり踊りありで、姉のご主人は、みんなの喜ぶ顔と姉の料理にご満悦だった。ところが父が亡くなり、姉のご主人が亡くなった、とたん、姉は料理することをやめた。姉にとって、自分を輝かせてくれる人、そして自分の輝きを見せたい人はご主人だったのかもしれない。その人がいなくなったので、もう気力を失ったのかもしれない。それからおいしい料理も、歌も、踊りもなくなった。

第四章　父が伝えたかったこと

はじめに……

妻が夫を、子が父親をこんなにも愛してやまないのは、日常の生活に愛があふれていたからではないかと思う。四季折々の行事、父の言動、躾などが知らず知らずのうちに教えてくれたような気がする。日本人の持っている清く正しく美しくという道徳心を伝えたかったのかもしれない。思えば父は大正七年生まれで、青春時代は悲しい戦争体験をしている。

私は唱歌「椰子の実」を聴くと心のざわめきを覚える。

♪海の日の沈むを見れば　激り落つ異郷の涙
思いやる八重の汐々　いずれの日にか　国に帰らん♪

父も南洋の島でこの不条理な戦争に涙していたのかもしれないと思うと、胸がつぶれそうになる。

「父さん！　生きて帰ってくれてありがとう！」

いつも叫びたくなる。そうだ！　父さんの生きた証を残そうと思った。父が私たちに伝えたかったこと。さあ、父と一緒に思い出の旅に出よう。

ラジオ体操

父は毎朝六時に起きて、玄関の板の間でラジオ体操をしていた。一つ一つの動きの中に意味があるのだからと言って、ていねいにやっていた。私も知らず知らずの内に手を抜かず学校の朝礼の時、真剣にやっていた。担任の先生が「竜子ちゃん、今度朝礼の時、台に上がってやってごらん」と言われた。父に言ったら喜んで一つ一つ指先から足の先まで指導してくれた。ただ一度の台の上、わあー、みんなが見渡せる。周りのブランコやジャングルジムまでよく見える。そして、たった一度台の上で、ラジオ体操をした。父は常々言っていた。運動は一生続けなさい。人間の身体は何もしなければ、オンボロ車のように動かなくなる。ギシギシする箇所には油をさすように、間接を動かし、筋肉をつけるように努力しなさいと……。父は入院して動けなくなっても「くるみ」で指の運動をしていた。

客の多い家

子供の頃、いつも父はお客を家に連れてきた。同僚だったり若者だったり……。そして家族みんなでお客をもてなした。お酒がだいぶ入ってくると父は踊り出す。「安来節」は十八番だ。ひょっとこみたいな格好をしてみんなを喜ばせる。本当に目の前にドジョウがいるようで子供たちは手をたたいて喜んだ。

「次は母ちゃんの番だ。黒田節を踊ってくれ」

「お父さん、槍がないよ」

「長ボウキでやれ」

若い頃は踊りをやっていたらしく、指先の使い方がきれいで真剣な眼差しの姿に長ボウキが本当の槍のように思えた。

酒飲みの家には酒飲みが集まる。大人になった私たち姉妹はみんな酒に強かった。父は私たちにこう言った。結婚したら、お客がいつも来る家庭を築きなさいと……。

戦争体験

父は毎日、晩酌をする。それはそれは旨そうにおつまみを口にする。あまりに旨そうに食べるので子供たちは、

「お父さん、そのくじら美味しい？」

「食うか？」

貴重な父のおつまみを次姉は旨そうに食べる。父は次姉に言う。

「物を食べる時、お前は旨そうに食べる。見ていて気持ちがいいし作った人も気分がいいよ。いいことだ」と……。

次姉は今でも旨そうに食べる。

眠りに入った父は時々うなされることがある。母は言う。

「きっと戦争の夢を見ているのよ」

父は私たちにあまり戦争の話はしなかった。ただ「もう、日本は戦争を絶対しないと憲

法で決まっているから安心だ！」とだけ言った。

世界中で戦争を経験した兵士が精神を病んでいる映像を見たことがある。父を含めてあまりにも悲しすぎる。もう二度と悲しすぎる体験者を出してはいけない！

父が「うまい！」というもの

当時天ぷら油は何度も何度も使って、少なくなったら継ぎ足していた。ある時父が温かいご飯の上に、継ぎ足し天ぷら油をかけ、そして醤油をかけて、「食べてみろ。うまいんだから」という。食べてみたら、なんとも言えない、うまみのある味だった。今だったら、絶対食べない！　思いきり酸化した油だ。知らないということは恐い。

次はニンニクとニラと醤油、これを混ぜて食べる。おいしいが臭くて臭くて、これでは学校に行けない。そして白御飯にぜんざいをかけて食べる。きなこもかける。「絶対おいしくないよ」と言うと「おもちと同じだよ」と言う。考えてみたら、あんこ餅ときなこ餅だ。父の食生活は強烈だ。

父の仕事

父の仕事は国鉄の保線区員だった。幼い頃は制服をきちんと身につけている駅舎にいる人や運転士に好感を持っていた。見かけだけで判断した私は脚絆で足を巻き上げ、地下足袋をはいた父の姿は好きではなかった。今、こうして書いている自分が恥ずかしい。本当に恥ずかしい。ごめんなさい、父さん。

あの頃のある日曜日の朝、父が座卓の上に大きな白い紙を広げ、定規とエンピツ、消しゴム、時刻表を見ながら、いっぱい線を蜘蛛の巣のごとく引いていた。

「何しているの？」

真剣な顔で図面とにらめっこしていた父は、メガネをはずして顔を上げ、

「安心図面だよ、お前たちを守るため、安全に汽車を通すため、そのために線路の工事をする。汽車の通過時間と工事作業の一分一秒に命がかかっている。気が抜けない作業だ」

この時初めて父が立派な仕事をしているのだと知り、誇らしく思った。父の仕事はいつも身体を張っている。台風の時は必ずと言っていいほど、夜中に呼び出しが入る。当時は

自宅に電話がなかったので、夜中に呼び出し人が玄関をドンドンとたたいて父を起こす。素早く脚絆を巻き、長靴をはいてカッパを着た父は母に言った。

「頼んだぞ」

「はい、気をつけて」

災害の時、いつも父が出かけるので夜中なのに恐くないのかなあと布団の中で思っていた。父の仕事は線路の見回りらしい。つまり安心安全の末端の仕事だ。一度自殺の現場で、応援の人が来るまで死体の側に一人で暗やみの中にいた時はさすがに恐かったと言っていた。

大人になってわかったことは人の苦労は末端の現場へ行かないとわからないということ、ともに苦を味わわなければ語れないということで、このことはキリストもマザー・テレサも釈迦も知っていた。父の仕事は危険と隣り合わせ。だからいつも母に「子供たちを頼む」と言って出かけていたのだ。

父の口ぐせは「人は皆平等」——天は人の上に人を造らず、人の下に人を造らず。見かけで人を判断していた私は、父の行いで平等精神が心に宿った。

家族会議

我が家は父の発案で家族会議をやっていた。司会者は順番で、日頃の不満、意見、考えていることをみんなの前で言う。母が父に言ったことを思い出す。

「給料が安いのだから、飲む回数を減らしてほしい」

お金のやりくりの苦労を知らない私は、母がイヤな人に見え、父が可哀そうになった。

「安月給のことはわかっているはずだ。じゃ、お前はどういう使い方をしているのか示してくれ。収支報告を見せてくれ。それによって考える」と父は解答した。

母は面倒だと言ってやらなかった。数日後、父は月謝袋のような物をたくさん作って母に渡した。ガス代、水道代、新聞代、教育費などなどが書いていた。父は母の気持ちを察して、外で飲む機会を減らした。人に納得してもらうためには、面倒でもデータを出さないとダメだなあと思った。夫婦のケンカの原因はいつもお金のことだなあと子供心に感じた。

会議のあとはお菓子の時間だ。今回は丸い大きなケーキだ。六等分にして、じゃんけんして勝った者からとってゆく。父はここで最後まで負けた者にチャンスを与えた。負けた者にナイフを渡した。負けた者は少しでも自分の口に入るケーキに差のないように真剣な眼差しで切った。うまいもんだ。勝っても負けても文句なしだ。

空のアルミ缶

田んぼの向こうから父がアルミ缶をかかえて帰ってきて、玄関に入るなり言った。

「おーい！　みんな割りばしを持ってこい！」

「？」

父が缶のフタを開けた。何も入ってない。空っぽである。

「底を見てごらん」

のぞいてみると、水あめがこびりついている。父が割りばしの先に水あめをからめ、二本の棒で練る、練る。甘くって面白くって楽しい。父は駅前のパン屋さんから、アルミ缶をもらってきたと言っていた。私の目から見てアルミ缶の再利用というより、中身の水あめが本命ではないのかなあと思った。

「どう、うまいか？」

父は何度も、アルミ缶をもらいに行った。父は子供のためなら、なんでもする。

「子は宝」が父の口ぐせだった。そしていつも同じ例えを言う。五本の指を広げて自分で一本ずつ嚙んでみせ、どの指も痛みは同じ、父さんはどの子も同じように可愛いよって！

ちなみにうちは四人姉妹です。

夏休みの出来事

私が小学校の低学年だったと思う。台所にあった粉ジュースを水で溶かず、手の平に入れて口に頰張ったとたん、事件が起きた。

喉の奥が粉でふさがれてしまったのだ。さあ大変！　私はしゃべることもできず、苦しくって家中を走り回った。その日は日曜日で父がいた。

「どうしたんだ！」

「竜子が粉ジュースで喉をつまらせた！」

私の行動を見ていた次姉が水を持ってきた。私は苦しくてコップともども投げ捨てた。

父は次姉に「醤油持ってこい！」。次姉は「醤油？」と訊いて一升ビンを父に渡した。「バカ！　コップに入れてこい！」父は暴れ狂う私を腕ともども脇に強くかかえ込み、口に醤油をふくませてくれた。とたんに粉は溶けて空気が入り、今までの苦しさはどこ吹く風。父の咄嗟の行動と化学の知識……父さんはすごい！　今でもこの話は家族で盛り上がる。父のお陰で私は生き返ったのだ。

父の咄嗟の行動

夕方、遊んでいたら、父が自宅から次姉を背負って走っていった。ハダシだった。あとで聞いてみたところ、急病で、遅かったら命が危ないところだったと言っていた。次姉は私に言う。「貴女も私も父さんから、命を助けてもらったわね」と……。

覚えていますか？　粉ジュースの件です。こんなこともあった。外にあった風呂場で長姉が「むかで」に咬まれた。テレビを見ていた父は一目散に風呂場に行き次姉の太股をギューッと縛り上げ、何度も傷口の毒を吸い取っては吐き出し、大事に至らなかった。私は一部始終見ていた。父は普段からいざという時のために勉強していたのだ。父の机のノートに病気、ケガなどの緊急対応、処置、緊急薬草……血止め、腹痛、頭痛……などなど。だから川で遊んでケガをしたらヨモギを塗れと言ったんだ！　父の大きなふろしきに包まれていることに感謝した。

一〇〇倍返し

小学生の頃、水泳するのは川だった。耳に入った水をとるため、橋の欄干に寝そべって、眼下の男の子をからかうつもりで泳いでいる側に小石を投げたら、当たってしまった。男の子は怒って追いかけてきた。私は謝ったのだけれど、追いかけてくる。どんどん逃げて家まで逃げた。父がいた。

「どうした？　四郎君」

「竜子ちゃんがボクに石を投げた」

「どうしたらいい？」

「竜子ちゃんを殴って！」

父は私の頭を小石の一〇〇倍ぐらいの痛さで小突いた。本当に痛かった。

「四郎君、これでいいかい？」

「うん！」

四郎ちゃんは「ざまあ見ろ！」という顔でニコニコして帰った。

私は父に聞いた。小石でちょっと当たっただけなのに……。

すると父は、「相手は一〇〇倍しないと納得しないものだ、覚えておけ！」と言った。

父の歯

父の歯並びのきれいなこと。猫も顔負けするほど魚の骨を噛み砕いて食べてしまう。長姉は料理した人が喜ぶほどきれいに身一つ残さず食べる。私は隠したいほどヘタな食べ方だ。

春は桜。家族みんなで近所の山で花見をすることになった。料理を広げてビールを飲もうとした時、栓抜きを忘れた！　どうしよう……。父がビールを持ってこいという。なんと片端から歯と歯茎でビールの栓を抜いてしまった。みんな目が点。

「父さん、大丈夫？」

「なんともない！」

絶対まねできないし、まねしたくないと思った。そう言えば父さんの遺骨は理科室にある標本そのものだった。お見事！　恐れ入谷の鬼子母神だ。

おなら

おならのお話。姪が私に言った。

「おばちゃん聞いて。母さんと本屋さんに行った時、母さん、おならが出そうというのよ。私の側でやられるのがイヤだったので、どこか隅っこでやってと言ったの。〝うん、そうする〟と言って母さんは離れていったけど、隅っこの誰もいないところで〝すぅー〟と出したつもりが、な、なんと思いもよらず〝ブゥー!!〟って壁に反響したらしく、みんながジロ〜リ。穴があったら入りたかったですって。私のところまで聞こえて本屋を出たわよ！　恥ずかしかったわ」

聞いていた私も話していた姪もそして本人までもが大笑い。壁がスピーカーの役割をしたわけだ。父はこそこそしないで、おならをする。おならが出そうになるとお尻を持ち上げ、「竜子にプレゼント　ブー！」。父は子供におならのプレゼントをするのである。明るいおならで子供たちはキャッキャと笑った。

飲酒のあとの父の帰り道

タクシーから降りて自宅まで一分ぐらいの道のり、ほろ酔い気分の父は大声で、「母ちゃん、今、帰ったよ♪　母ちゃん、今、帰ったよ♪」

田舎の静かな家々に木霊する。きっと近所の人はクスクス笑っていたに違いない。同級生が近所にいる次姉はイヤな顔をして「また、明日学校で父のこと言われる！」と嘆いていた。

父は玄関に辿り着いたとたん、安心したのかバターンと倒れ、大の字になってそのまま寝てしまう。さあ、子供たちの出番である。靴を脱がす人、引っ張り上げる人、服を脱がす人、そして枕元に水差しを持っていく人、この手際の良さのおかげで父は布団の中でスヤスヤ。

私は父が大声で「母ちゃん、今、帰ったよ♪」と言う姿がイヤではなかった。むしろ、父の優しさを感じた。

おはら庄助さん

父は本当の酒好きかもと思うことがある。白い御飯にぜんざいをかけて「うまい！」という。朝から、鼻歌まじりで飲む時もある。♪おはら庄助さん、朝寝、朝酒、朝湯が大好きで、それで、身上つぶした♪　と父が歌うと、♪あーもっともだ、もっともだ♪　と私は歌った。父は「どどいつ」が好きで、よくお酒が入ると歌っていた。こんな父は年に一回、正月の元旦の朝、朝風呂を沸かしてくれていた。

「おーい！　起きろ！　風呂が沸いたぞ！」

と寝ている子供たちに声をかけ、順番に風呂場にかけ込んだ。燃える木の煙と匂い。窓から差し込む朝日。そして冷たい朝風。湯気と朝日の光の混じりあう湯船。こんな幸福感を父は与えてくれた。パンツから洋服まで新品を着て、最後に風呂から上がってきた父に向かって一斉に「あけましておめでとうございます」とお辞儀をする。「おめでとう」父の手には「お年玉」が握られていた。

餅つき

今日は餅つき。朝から小雪が降っていた。父はねじり鉢巻きをして薪をくべ、湯を沸かしていた。父はひとり黙々と火入れから後片付けまでやってのける。そして餅つきはいつも夫婦ゲンカになる。父に言わせると餅つきはその日の気温と時間の勝負だが、母は父の段取りでは遅いと言う。夫婦はなんでも言い合える方がいい。いい夫婦だと私は思う。

さあ餅米が蒸し上がり、せいろから臼へ。四人の娘たちはそれぞれ杵を持ってぐるぐる回りながらこねる、こねる。これからが見せ場だ。父が姐さん被りの女役で熱い餅の中に手を入れ、グルっと臼の回りに水をパッとふって餅を裏返し、そこで「はい！」。ここで男役の母が大きく杵を持ち上げ「ペタン！」「はい！」「ペタン！」私たちは喜んだ。母は疲れて顔がまっ赤になった。父は私たちと代われと言い、父と子で「はい！」「ペタン！」。つき上がった赤ちゃんのお尻のような餅を手早く、そしてきれいにちぎって私たちの前に置く。私たちはしわができないように手早くまるめる。

「鉄と餅は熱いうちに打て」——父からの熱いメッセージだ。

父の日の注文、母の日のウエス

父の日が近づくと父は子供たちに注文した。長姉にはトレーニングウエア、次姉には化粧品（トニックとかクリーム）、私には「お前の着ていたテニスのジャンパー、もう着ないのなら父さんにくれ」と……。そう言われると着ていてもあげてしまう。ソフトボールをやっている父は早速、私があげたジャンパーを着ていた。まあ、何を買おうかなあと悩まなくてもいいので楽は楽だけれど、ちゃっかりしているなあと思った。

私はガソリンスタンドに嫁いだのでウエスが必要。母に不要なタオルやシャツなどを切ってくださいと頼んだら、ダンボール箱で持ってきた。その箱の中にきれいなウエスがあったので手に取ってみたら、私が母の日にプレゼントしたホットマンの肩かけ。ショック！　母に言うと「えっタオルの中に混ざっていて切ってしまったのかな――？　ごめん、ごめん」だって！　自分が欲しくって買ったのだけれど母の日のプレゼントと思って喜ぶ顔を思い浮かべて贈ったのに……いつまでもウエスになった肩かけがうらめしかった。

不便さ

不便さは、いろんなものをつれてくる。我が家には昔、水道が通っていなかったので、風呂の水は井戸に汲みに行くか、川の水を汲みに行くかであった。そしてその仕事は父の役目だった。六人家族中、父はただ一人の男だったのである。

いつも風呂の側にはバケツ二個を水いっぱいにして予備が置いてあった。みんなが入るので予備の水はすぐなくなる。ドアをたたいて、

「父さん！　水、水、水、熱いよ！」

父はすぐ返事をする。「おい、わかった！」天びん棒をかついで川へと水を汲みに行く。そしてバケツから湯船へザアーッと川の水が入る。子供たちはキャッキャと喜ぶ。今日は笹とメダカが入っていた。タオルでメダカすくい。この不便さから、父の愛情とメダカがついてくる。私たちは湯船の中で心まで満たされ、温かくなった。

風となる

「この世に父がいない」なんて考えられなかった。私のこれまでの人生で大きく、深く、広く見守ってくれる人は父だけだった。ただ空しかった。火葬場の待合室から見える外の景色はいつもと変わりなく、土手の草花や空の白い雲、そして鳥のさえずりさえ普段通りだった。煙突から煙となった父がまっすぐと天上へ向かっている。まっすぐと雲のかなたへと同化していった。涙があとから、あとから、あふれ出た。父の人生が走馬灯のごとく脳裏に走った。そして思った。人間はこうして時間とともに忘れ去られてゆくものだなあと……。

帰りの車の中で外の景色を見ながら、父の教えはいつも身体を張っていたなあ、だから子供たちの心に響いたのかもしれないなあと思った。いつも人様の前で「よか娘ばい」と自慢していた父、正直、よか娘でなかったので恥ずかしくイヤでした。全員があの世に行ったら父さんが司会で家族会議しましょうね。

父への手紙

「父が亡くなった」と報せが届いて、すぐ病院へ向かった。案内されたのは霊安室だった。鼻筋の通ったきれいな顔だった。父の胸の上には封の切られていない私の手紙がのせられていた。あーっ、読んでもらえなかったんだ！　父への想いのすべてを書き綴った手紙だったのに……読んでほしかった。

葬式が終わり、しばらくして父の机の引き出しの中から自作自演の感謝状が見つかった。

「父さんへ……ありがとうございました。四人の娘の名前」

死んでも私たちを笑わせてくれた。今、思えば身体を張って私たちを守り、人間には上下なんてものはない。災害にあったら、まず高台に行って家族を待つ。人生、何をするにもまず勉強。三本の矢のごとく姉妹仲良く、親より先に死ぬな！　死んだら川に捨ててやる！　父さん！　知ってる？　子供が生まれる前、子供は親を選んでいるんだって！　私、父さんを選んだんだよ！　正解だよね！　父さん！

父のアルバム

本棚に父の戦争のアルバムが二冊あった。その中に南洋諸島に出征した時の、原住民たちと日本兵士たちの集合写真があった。みんな褌一枚で頭は丸坊主、色はまっ黒で、どの人が原住民か日本兵士かわからないほど一体化していた。そしてみんな笑顔、笑顔で、戦争中とはとても思えなかった。若かりし頃の父のまっ白な歯がさわやかだった。

父の話では、原住民たちとは仲が良かったらしい。そうなんだ。みんな恨みつらみなんてものはなく、国の政策のために殺し合わなければならなかったのだ。父は戦争のことは沈黙していた。沈黙するほど苦しい体験をしたのであろう。そしてお腹に大きな傷を受け、肝臓をやられ、一度は死んだ自分を見たと思う。

第二の人生は人のため、家族のために生き抜いた。

おわりに……

父の机の前に座った。整理整頓ができていて父の匂いがした。目の前の棚には広告のチラシを裏返しにして自由ノートを何十冊も作ってあった。もったいない精神がなせる業であろう。金の仏像が何体かある。母に聞いたら、長野に行った時に買ったそうだ。

「いるなら持って帰りよ、父さんも喜ぶよ」

私に信心はなかったが、阿弥陀仏、観音菩薩、不動明王の三体を持って帰った。今では毎朝毎晩、手を合わせて感謝し、仏様と心の会話をしている。歌を歌う時もその三体の前で歌う。まさに「お客様は神様です」――神聖な気持ちで心さわやかになる。

何気なしに引き出しをあけたら、面白い物を発見。それは「感謝状」。なんと父の字で「父さん、ありがとう」といろいろ書いていて、四人の娘の名前を最後に自分の字でサインしていた。自作自演に笑ってしまった。

面白い父である。あの世に行っても「笑い」は残しておいてくれた父だった。

第五章　テールライト

いざ東京へ

寝台特急「富士」に乗り、東京で就職するための初めての一人旅。心細く、上段ベッドでなかなか寝つかれず、時々カーテンを開けては外を見ていた。線路のゴットンゴットンという音が、故郷がだんだん遠くなってゆく淋しさに拍車をかけた。緊張のあまり気分が悪くなってしまった。デッキとトイレの往復。就職祝いにと次姉が縫ってくれた大切な服も、乗り物酔いの苦しさに、汚れるのも気にせずトイレの便器にしがみついた。長い長い時間だった。

「東京、東京」

アナウンスの声を聞いたのはトイレの中だった。ああ、やっと着いた！　東京在住の長姉がホームで待っていた。私は涙が出た。髪は乱れ、顔色は悪く、げっそりとやつれていたと言っていた。夢と希望に満ちあふれた私の東京への第一歩はトイレの便器から始まった。

いっちゃん

我が家は六人家族だから洗濯物が多い。自分の物は自分で洗う……すなわち早く起きて優先的に物干し竿を取らないと干す場所がなくなってしまう。最後の人は、竿がなくなり洗濯物を庭木にふわぁと干してゆく。近所の人が庭を見て「お宅の庭は花が咲いているみたいね」と言っていた。我が家は年から年中、花が咲いていた。

会社に就職した私は日曜日になると、寮生の中で一番先に洗濯場に駆け込み、歌いながら竿に干してゆく。寮監のおじさんが、

「いつもいつも一番で起きていつも歌っているから、これから貴女のこと〝いっちゃん〟と呼ぶ」と呼び名をつけた。私は東京では〝いっちゃん〟と呼ばれるようになった。

私のことを〝いっちゃん〟と呼ぶ人は東京の仲間である。

小さな見栄

田舎から上京して会社の寮に入った。仕事の帰り駅近くの喫茶店でスパゲティを注文した。「タバスコ」が出てきた。当時の私は「タバスコ」の存在を知らなかった。味が薄かったらどうぞという感じのケチャップと思った。ただで使えるものは、お得と思い、それはそれは、たっぷりとふりかけた。マスターは何も言わず、隣にいた仲間が、

「いっちゃん、それは辛いと思うよ」

「えっ辛いの？」

食べたとたん、火をふいた。食べ切ることができず「お腹がいっぱい！」と言いつつ、タバスコを知らない恥ずかしさと、マスターの前で「知らなかった」と言えなかった自分に腹立たしさを覚え、席を立った。皿に残っているおいしそうなスパゲティがうらめしかった。

活け花

会社の寮で活け花を習った。基本を習って、その基本を応用して自由にお花を生けたかった。だから流派には、こだわらなかった。

先生の住まいは江戸川区だったので、近くのレストラン店主の好意で、作品展をやることになった。習い始めて間がなかったので、まったく自信がなかった。先生のアイデアで投票箱を置いて、誰の作品に人気があるか、やることになった。

いよいよ開票の日。私の番号に投票してくれた人がいた。ブルーコメッツの井上忠夫、当時はグループサウンズの全盛期で、レコード大賞をとった人である。もうびっくりするやら嬉しいやらで興奮した。井上忠夫さんはどの場所でコーヒーを飲みながら、そして作品を眺めながら、何が決め手で投票をしてくれたのだろうと思った。私の作品は素朴な白菊の一種生けだった。そして私は今も自由に大好きな一種生けを生けている。

彼岸花

お彼岸の季節に約束したように咲く花。お墓のあたりにも、よく咲いている。「死に花」というイメージがある。赤トンボ、盆が終わると赤トンボの季節がやってくる。死んだ人が赤トンボとなって、あの世に行くというイメージがある。夏の川は死んだ人が渡る、あの世とこの世の道。自然は人間と共存するために死への畏敬の念というものを教えてくれているようだ。

そして、今はそう思っていた子供の頃が懐かしい。子供の感性、五感は自然の中で育てられると思う。自然は子供におしげもなく与えてくれるし、子供は思い切り五感を使う。大人になった今でも、自然から五感を養ってもらっている。

謡曲の発表会

織田信長が謡っていた「人間五十年〜」小学生の時、テレビの織田信長の時代劇で聞いた謡が、なんとなく心に残っていた。それから東京で就職したある日、仕事を終えて九階の更衣室に下りた時、あの謡曲の声が聞こえてきた。鳥肌が立った。これだ！　早速入部した。

凛として厳しく優しい、いい声の持ち主の女性の師匠だ。入っている人たちはほとんどおじさんたちばかりで、若い人は私ぐらいだった。ましてや女の人は数えるほどだった。教室の発表会の時はお茶出し係で、お茶を出しては下げる。若い人がいないので、いつまでもお茶出し係だった。

ワキ、ツレ、子方といろいろな役があり、私は役になりきって練習した。いよいよ本番の発表会、私は子方の役だった。心を込めて謡い、自分でも「よくできた！」と思った。拍手も大きかった。退席という時、足がしびれて前に出ず、歩けなかった。両腕をかかえられ、また、大きな拍手と大きな明るい笑いの中、私は退席した。

初舞台は腕をかかえられて不様な格好の私だった。

玉の輿

私は社会人になって謡曲を習った。すごく先生に可愛がってもらい、仕事でおけいこができない時は「自宅にいらっしゃい」と言ってくれ、先生宅でけいこした。自宅は、けいこ用に改造された板張りの部屋があり、仕舞のけいこもできるようになっていた。けいこが終わると一緒に食事の用意をし、楽しく会話をした。

先生は私の後見人になって、お見合いをしたこともあった……ダメだったけれど。玉の輿の話もした。先生いわく「玉の輿なんてない」という。例えば玉の輿に乗ろうとする人は一生懸命努力し、もし見初められたら、その人の努力の結果であり、つり合いがとれたということよと……。そしてバランスというものがあるとも言っていた。今、思うに夫婦って似た者同士だなーと感じる。一緒に住んでいると犬や猫まで似るというから、「縁」を大事にしようと思う。

習い事

何事も続けなければ、うまくなれないと思う。続ければ必ずと言っていいほど、壁にぶつかる。この壁を乗り越えなければ、次のステップを踏めないのである。壁は習い事をやっている間、永遠につきまとう、イヤというほどに。そして悲しいことに、うまくなればなるほど満足することができない。自分の能力が上がれば、より以上を求めるので永遠に悩み、そして今日より明日を求めて習い事は続く。習い事は終わりのない自分との戦いなのだ。好きでないと続かないなー。

腕時計

田舎から出てきて間もない頃、仕事を終え会社から出たところに男の人が立っていた。

「お嬢さん、ちょっといいですか?」

「なんでしょうか?」

「今、お値打ちの時計を持っているのです。見るだけでいいので見ませんか?」と言いながら、持っているケースを見せる。中に二本の腕時計が入っていた。サファイアの石が付いていて、とても高そうに見えた。

「もう二本しか残ってなくて、明日からまた、高くなるのです。今日までのバーゲンなので……」と言う。

「いくらですか」とたずねた。

「いくらでもいいです。そちらで決めてください」と言う。

手持ちのお金は一万円ぐらいしかなかった。一万円では相手に儲けがなくて申し訳ないなーと思いながら、「私、一万円しか持っていません」と言うと、

「それでいいです。お嬢さん、いい買い物をしましたね!」と言って去っていった。

私は嬉しくって、翌日みんなにわかるように、机の上に時計をはずして置いた。それに気づいた同僚の男の人が、

「よっ!　いい腕時計持っているな」と言われ、

「そうでしょう。一万円で買ったの。安いでしょう」と昨日の話をした。

「バカだなあー!　だまされたなあ。そういう手があるんだよ。もし五万円持っていたら、

五万円取られていたかも。一万円で良かったよ！」と言われた。

「えっ！　ショック！」

初めて買った腕時計。だまされたけれど、物を見る目がなかった私。人を疑うことを考えなかった私。この時計は「教訓」として、ずっとはめていた。

おばさんの旅

私たち姉妹は十年近く、下宿先のおばさんのお世話になった。夕食やお風呂の準備もしてくれ、一日の出来事をおばさんに話し、楽しみにしてくれていた。時代劇が好きで、みんなでキャッキャッ騒いで笑った。

いよいよ二人とも田舎に帰ることになり、父が是非九州へということで旅することになった。湯布院に泊まり、温泉に入り、私の嫁ぎ先にも泊まってくれた。当時「ニワトリ」を飼っていて早くから、おばさんを起こしてしまった。

おばさんは庭に覆いかぶさるような山に感動し、見渡す限りの「レンゲ畑」に入って子供のようだった。種を持ち帰って東京の庭に植えると喜んでいた。

三十年以上も前だったのだが、おばさん何歳だったんだろう？　東京から九州への長い旅。今、私にはマネできないエネルギーに頭が下がる想いだ。

おばさんが伝えたかったこと

下宿先のおばさんは無知な私に大切なことをたくさん教えてくれた。ボケっとしていると、

「デパートか美術館でも行ってらっしゃい」

「えっ？」

「買わなくてもいいから、宝石とか美術品を見て、本物を見る目を養いなさい」

といつも言っていた。着物にしても、

「紬は高価でもおしゃれ着よ。訪問着、留袖など、いくら安くても格は上なのよ。だからね、おしゃれ着として高価な紬を着ることは最高のぜいたくよ。着物と帯の関係も帯は着物より上等な物に……」着物は帯によって生かされ、生きるという。

おばさんは「絵更紗」作家だったので私にたくさんの作品を残してくれた。田舎に帰っ

て公民館でおばさんの作品展をやったことがある。この年になって本物の作品には品格とあたたかさがあることがわかった。そして作品に触れているとおばさんを感じるのである。おばさんは「本物を見る目」を育ててくれたのである。

第六章　母から子へ

子供はなんでも知っている

今、こうして家族の歴史を振り返ってみると、子供はなんでも知っているなーと思う。親が、とっても経済的に苦しい時「苦しい」と言わなくても感じ取る。少しでも親が経済的に楽になればと思う。

小学生の時、オルガン教室があった。仲の良い四人組のうち三人は教室に通った。相談すれば「ダメだ」と言わない父である。だが母は働いている。私は習いたくても、友達には「興味がない」と言った。

またある時は学校で「雑巾を二枚持ってくるように」と言われた。ボロのタオルぐらいはある。でもまだ使える。私はもったいないと思った。物置の中に打ち直す布団があった。

その布団を包んでいる布地をハサミで切り、二枚の雑巾を縫った。学校で雑巾を一人ひとり先生の前に出す時、私だけ布団の生地の雑巾だった。私はちっとも恥ずかしくなかった。だって心を込めてていねいにミシンで縫ったのだもの。

転んだ子供

子供は元来、自立してどんどん成長してゆくと思っている。ガソリンスタンドで働いていた時、一人の男の子が道で転んだ。じっと見ていると、転んだ時まわりを見て助けてくれる人がいなければ、黙って起きて走ってゆく。しかし、おじいちゃん、おばあちゃんと一緒だと、もう子供は思い切り甘えて起きることを忘れる。泣くことを覚える。

私は我が子が転んでも助けたことはない。欲しがるおもちゃを泣けば買ってもらえると思っている子はその場で泣かせ、私は去る。ちょっとして戻ってみると、他のおもちゃのところにいて、泣いても取り合ってくれる人がいないとわかると泣くことはしない。

一度だけ手を焼いたことがあった。動物園に息子を連れて回った。時間的に余裕がなかったので、さっさと回った。「象」のところが気に入ったらしく動かない。時間がないので、手を引っぱって出口のところまで行くと人目もかまわず大泣きする。私が取り合わなくても大泣きする。本当に叩きたくなるほど泣き、地団駄まで踏む。妹が言う。

「竜子ちゃん、象が見たいのよ、もう一度象のところへ行こうよ」

時間がなかったが走って象のところに戻った。なんと一瞬にして泣きやんだ。初めて見た象と絵本の中の象の違いが、この子の興味をかきたてたのかもしれない。満足したのか、ステップしながら帰路に就いた。それ以後、あの大泣きと地団駄は一度もなかった。この母に大泣きしても無意味だということを悟ったのかもしれない。子供は大人より先を読み、賢いのかもしれない。

十円の重さ

小学生の息子にお金の大切さを教えるために夫の働く姿を見せた。ガソリンスタンドで夫は、給油してくれた客には無料洗車で対応した。その分水道代はかかるし身体もきつい。

「父さんね、何台も車を洗わないと、十円稼げないのよ。お金を稼ぐ大変さ、わかった？」

「うん！　わかった！」

ある日、息子とデパートに買い物に行った。私は高い洋服をなんの躊躇もなく買った。横目で見ていた息子が帰りがけに言った。

「母さんは十円でも大切に使いなさいというわりには、平気でお金使っているね」

はっとした。どんなに弁解しても無理だと思った。夫は見本になったかもしれないが、私は反面教師になってしまった。

ほっかほっか弁当

息子が高校生になり弁当が必要になった。私は弁当作りが苦にならず、早起きをする。なるべく冷凍食品などは使わず、手作りを心がけていた。食べ盛りの息子は文句も言わず完食してくれていたので嬉しかった。ある朝、寝坊してしまった。どうしよう？　そうだ！　家の前には、ほっかほっか弁当屋さんがある。走っていって弁当を買ってきた。内緒で息子の弁当箱に中身を詰めて持たせた。

夕方、学校から帰ってきた息子に「今日はおいしくなかったでしょう？」と言うと、

「いいや、めっちゃ、うまかった！　今までで一番うまかった！」

えっショック！　もう、こだわりを持つことはやめにした。

ねえ、知っている？

子供って生まれた時から親孝行と思わない？　生まれた瞬間、母親はこの上ない幸福感を与えられる。そして三歳までのあの愛くるしい笑顔……つまり三歳で親孝行を一生分したってことを、何かで読んだことがある。だから、親はもう子供にいろいろなことを期待してはいけない。子供に泣かされることや悩まされることもあるけれど、先に報酬をもらっているわけだから、文句は言えない。

子供が一番、幸福感を得られるのは親の笑顔だってこと知っている？　私、親の笑顔を見たら、何でもしてあげようと思う。親の笑顔って「無償の愛」と思わない？　親は子に求めてはいけないと思う。子はいつも親のことを考えているのだから……。

母から子への手紙　その一

ねえ、覚えている？

幼い頃、テレビアニメの「フランダースの犬」の最終回を一緒に見て大泣きしたこと。飼っていたハムスターが死んで一緒に大泣きしたこと。よく泣いていたものだから、母さんが貴方に言った言葉、「男は人前で泣くものじゃない、泣くのは親が死んだ時ぐらいよ」と……。

それから貴方は悲しいことがあって泣きたくなると、走ってカーテンの裏で肩を震わせていたね。今でも思い出すの。幼い貴方がカーテンの裏で泣いていた姿。本当にごめんなさい。泣くのは貴方が優しい心の持ち主の証拠なのに……。

今度は母さんが大泣きしたこと覚えている？「野口英世」の伝記映画を見に行った時、人目もはばからず大声で泣いて、パッと明かりがついた時の貴方の恥ずかしそうな顔。あの時母さんが検診を受けて「疑陽性」で再検査と言われたので、感情が高ぶって嗚咽してしまったのね。再検査で陰性でした。ホッとしたわ。

母から子への手紙　その二

母さんね、夢を見たの。もう何年も前のことだけれども、あの衝撃は忘れられない。貴方が死んだ夢。母さんは取り乱して頭はまっ白、それから貴方の誕生から成長してゆく過程が走馬灯のようによみがえり、涙し、絶望し、貴方の愛おしさのあまり狂いそうだったわ。

「神様、助けてください!!」

何度願ったことか。五臓六腑が引き裂かれる苦しさを味わったわ。そして目が覚めたの。夢だった！　ああ、夢で良かった！　神様ありがとうございました。その時、心の底から思ったのは、この世に命があるだけでもありがたいってこと。もう何も望みませんということ。だからお願いよ、命を大切にしてくださいね。神様からいただいた大切な命を!!

母から子への手紙　その三

覚えていたなら、ごめんなさい。

母さん、母親失格というところが多々あるね。貴方に申し訳ない！　と頭を下げなければいけない思い出があるの。それは自営業だから、いつも貴方に淋しい想いをさせたわね。淋しくなったらお店においでと言っても来なかったね。小学生の高学年だったと思う。仕事を終え帰ってみると、貴方は少しでも親の手助けになると思ってか、洗濯物を取り入れ、たたんでくれていた。私は喜ぶどころか、

「男の子はこんなことしないでよい！　それだったら店に来て手伝ってほしいよ！」

貴方は「店はイヤだ！」とふてくされて部屋に入っていった。貴方はきっと喜んでくれると期待していたと思う。〝子の心、親知らず〟今、考えてもおろかな母だ！　もう時効かな？　本当にごめんね。実は洗濯物をたたむの、今でも好きじゃないのよ、ありがとうね！

1パーセントの良心

ガソリンスタンドをやっていた頃、ちょっと人騒がせな男の人がいた。その人は人生の半分が少年院と刑務所の往復だったと言っていた。縁があって、しょっちゅう店に顔を出すようになり、長居をするようになった。そして他のお客は長居をしなくなった。私に、「お姉さん、どうしてボクがこのようになったか聞いてくれませんか?」というので、「聞きましょう」と言って話を聞いた。それからもどうしてなのか、近所の人を困らせていた。

「お姉さん、ボクは100パーセント悪です」と言った。

「そうねえ、99パーセント悪だわねえ。でも1パーセントはきっと悪ではないと思うよ。せっかく故郷に戻ってきたのでしょう。心休まる故郷で悪さしたらダメよ」と言った。

その後、彼は近くの川ですくった小さな魚をビニールに入れ「お姉さん、あげる」と持ってきた。ある時は土手に咲いていた可愛いタンポポを持ってきた。1パーセントの優しさが目覚めたのかなあ。そして彼はこう言った。

「お姉さん、ボクが死んだら葬式に来てくれる?」

「行かないと思うよ」

「じゃお墓参りは来てくれる？」

「うん、お墓参りぐらいは行ってあげるよ」と……。

彼は五月の連休に死んだ。約束していた墓参りは友人を誘って行った。近所のおじさんにお墓の場所を聞いた。色とりどりのきれいなカーネーションを竹筒に差した。

「約束通り、来ましたよ。成仏してくださいね。今度生まれ変わる時は、ちょっといい人になってネ」と……合掌。

約束を果たしたので帰路は心が軽かった。

ヤンキー兄ちゃん

ガソリンスタンドは、いろんなお客と接する商売。当時、政治、経済を若者はどのように思っているのだろうと常々思っていたので、単車に乗ったヤンキー兄ちゃんに聞いてみた。

「ねえ、今の政治、どう思う？」

「別に何とも思わない」

「えっ、心配じゃないの？」

「別に」だって。

一週間ぐらいして例のヤンキー兄ちゃんが来た。単車はボコボコ、兄ちゃんの顔は傷だらけ。

「ケンカ、したの？」

「はい」

「自分が悪かったの？」

「いいえ、ボクは間違ってないと思います」

「そう、じゃおばちゃん、応援してあげる。頑張って！」

「えっ嬉しいです」

ある日、お好み焼き屋さんに行った時、例のヤンキー兄ちゃんが働いていた。頭をタオルでぎゅっと巻き、前掛けを腰でぎゅっと締め、凛々しかった。顔にはまだキズテープが貼ってあったが、私は心の中で笑った。私に気づくと、

「おばちゃん、来てくれてありがとうございます。サービスします。ボクが焼きましょう。

飲み物、今回無料チケット、サービスさせていただきます」と……。テキパキとしていて、また、来ようと思う気持ちにさせてくれた。人は見かけによらないというが、まさにこの兄ちゃんも、まったくの別人になっていた。ボコボコになっても、人にへつらわず、まっすぐ前を向いて生きてほしい。おばちゃんも陰ながら応援するからね！

ヤングケアラー

未成年、つまり小、中、高校生の子供が家族の介護をしているのがヤングケアラー。初めて聞いた言葉だった。どうにもならない環境で、学業よりも、遊びよりも、まず家族の生活が一番なのだ。学校から帰ってくるなりまず在宅している介護を必要としている人の世話をし、掃除、洗濯、食事の買い出し、用意、後片付け、入浴の世話、少年の寝る時間は午前にかかるという。

少年は「イヤです」と言っていた。イヤでたまらなくても、ヤングケアラーは抜け出す道を知らない。

もし、一番の理解者である親が介護される側にいたら、この苦悩は誰に相談したらいいのだろう。立ち入ることのむつかしい家庭内。私はとっても若者の将来が心配になる。勉強ができない苦悩、好きな職種に就けない苦悩、私は少年に言いたい。どうぞ声を上げてください。「助けてください。ボクは倒れそうです」と……世の中、捨てたものじゃないと思うよ！

第七章　話のおもちゃ箱

笑いのつぼ

思いもよらないことが笑いのつぼになる。作為的にやっても面白くないし笑えない。ところが年をとると勘違い、聞き違い、言い違いから思いもよらないことが起こって笑いがこみあげる。私の場合はこうだ。

・その一　聞き違い

友人と臭いの話で盛り上がった。友人が言った。

「そう言えば、ワキガチーズできるんだってよ」

「えっウソー気持ち悪い！　物好きもいるもんだね、私、お金もらってもイヤだわ！」

「そお、私はいいと思うよ」

「えっ食べられる？」

「えっ、なんで？」

「チーズでしょう？」

「違うよ、ワキガ手術と言ったのよ」

二人は大笑い。しかし私の頭の中ではいつまでも脇の下にチーズがぶら下がっていた。

・その二　勘違い

いつまでもウグイスは鳴いている。パートナーが見つかるまで夏でも鳴くそうだ。夜中に「ホーホケキョ！」

えっ夜中でも鳴くの？　鳥の世界も切ないなあと思いながら眠りへ。ところがピカっと光が。なんとケイタイのメール着信音の「ウグイス」。先日購入したケイタイ、着信音をウグイスにしていたんだ！　忘れていた‼

チップ　その一

十八歳で寝台特急「富士」に乗って、就職のため独り上京する私は心細かった。大分駅に友人と父が見送りに来てくれた。ベルが鳴った時、父は車掌さんと何か話をしていた。ゴトゴトと動き出し、期待と不安の入り混じっている私に車掌さんが声をかけてくれた。

「お父さんから、娘を頼む！　と言われました。何かありましたら声をかけてください」と……。たったこの一言で私は心強かった。父さん、チップ使ったのかな？　感謝!!

家族でカニ料理を食べに行った時、父は仲居さんにチップをあげた。そしたら父の側にいた仲居さんは、どんどんカニの身を父の皿の上に取り出してくれた。子供心にチップの強さを知った。新婚旅行に行く時、父は私に言った。

「ホテルのボーイさんにチップをあげなさい」

「どうして？」

「火事になった時、チップをあげているのと、あげていないのとでは違うのだぞ！」

そこまで……私は父の言う通りにした。そして少しはずんだ、へへへ……。

チップ　その二

チップの力はすごいと前にも書いたが今回は夫の妹さんだ。いつも気持ちよくチップをはずむ。K神社で息子さんの結婚式の時、着物一式を社務所まで運ぶのに長い階段を上らなければならない。妹さんはタクシーの運転手さんにチップをはずんだものだから、妹さんの着物一式を社務所まで運んでくれた。私はうしろから重い荷物を、息を切らしながら、一段上っては休み、一段上っては休みと運ぶのを繰り返していた。その時、白髪のおじさんが、

「お持ちしましょう、どこまでですか？」

「あの、社務所なのですが」

「じゃ、そこまで持っていってあげましょう」

とさっさと階段を上り姿が見えなくなった。やっと上り終えて社務所に着くと、荷物が置いてあった。誰も、そのおじさんには気づかなかったという。子供に言ったら、

「母さん知らない人に預けたらダメだよ、大切な物も入っていたのでしょう？」

言われてみたらそうだけれど、あのおじさんは誰？

本　音

例えばお酒。飲みたくもない酒を無理やり注がれ、気分が悪くなったと父は言う。ほんの少しでいいのに御飯を山盛りに盛られ、無理やり食べたと言っていた。だから父は、なんでも無理に勧めるなと言う。

ある会合で男の人が隣の人にビールを注ぐ。その人のコップにはもういっぱい入っているので、コップを高く上げて「もういいです」と言っている。でも男の人は無理やり勧める。見かねて私が「無理やり飲ませなくてもいいのでは？」と言うと、「遠慮している人だっているのだから、注ぎ足すのは当たり前だ」と言う。「御飯だって残してもいいから大盛りにしなさい」と言う。本音と遠慮。我が家に来たお客に、私ははっきり言う。「飲みたくない時は『いりません』、食べたくない時は『少しだけでいいです』と言ってください」と。食べ物に関しては本音で言ってもらいたい。味はさておき、無理をすると体調を崩します。我が家では遠慮は禁物、本音でいきましょう！

勘違い

知り合いに「霊が見える」とか「霊感がある」という人がいる。私は、まあまあくじ運はいいが、霊力はまったくない。ない方がいいと思っている。

ある夜中、何気なく顔に冷たい物を感じた。水でもないし、ひやりとした冷たい感じ。あっ、これが霊感というものか？　何か神からのメッセージがあるのかなあと思いじっーとしていた。目をつぶったまま、じーっとしていた。何事もなかった。ひやっと感もなくなった。そのまま眠りについた。

朝、目が覚め、ふと横を見てびっくりした。白いカベに大きな「むかで」がへばりついていた。「キャー」あの冷たい物は「むかで？」霊感と思い込んで動かないで良かった！

勘違いのお陰で、かまれなくって良かった！

リズム

考古学者の言葉が希望を与えてくれた。考古学は何百年、何千年前という単位で歴史を見ることができる。そうしてわかることは、地球つまり世の中にはリズムというものがあり、良いことがずっと続くことはない。また、悪いこともずっと続かない。つまりリズムのように波になっているということ。

コロナ禍で今は波が沈んでいるかもしれないが、波がいつか上がることは確かだという。人間も歴史も、こうして波とともに生きてきたのだという。考古学の面白いところは憶測ではなく、過去から確かな歴史を見ることができるということ。何かほっとした。確信的な答えに安堵した。年配者の方もう孫の将来を心配しなくてもいいのよ！　若い人たち、波は未来に向かっているのよ。嬉しいじゃない！　考古学バンザイ!!

断捨離

テレビでも雑誌でも断捨離特集が大はやり。母屋に義母が住んでいた時、一ヶ月ほど入院したことがあった。まあどの部屋もこの部屋も散らかっていて、「よし！　この際、片付けるぞ！」と思い、どんどん捨てていった。

押し入れの上の棚に缶に入った古い「おかき」があった。キャー、カビが生えていた。全部捨てた。義母の寝室も片付けて、窓際にはお花を置いた。退院して「きれいになったなあー」とは言ったけれど「竜ちゃんはなんでも捨てるんだから」という。そして忘れていたと思っていた「おかき」のことを私に聞いた。

「あのおかき、どうしたの？」

「カビが生えていたので、捨てました」

「カビなんか取れるのに。もったいない。食べようと思ったのに」

その後、また、入院することがあった。その時はカギを持っていった。やはり「おかき」の件があったので心配だったのかもしれない。それから義母の母屋を掃除して、何もかも捨てたのは、亡くなってからのことだ。帰省した義妹さんから「ありがとう。すごくすっきりして嬉しいわ」と言われ「よっしゃ！」と思った。

借用証書

借用証書を書いて、期日まで設定して貸してあげたのに姿を消した。郵便局の高金利を解約してまで貸してあげたのに、姿を消すなんてひどい！　じゃ誰に請求したらいいのかわからず、とりあえず自宅に電話したら「主人は主人、私は関係ありません」と言われた。仕方ないから、母親に電話した。「お金はない」という。とうとう姉なる家族が退職金前借という形で返済してくれた。

「もう絶対、貸さないでくれ！」

「はい。絶対に貸しません」

それからさほど時が経っていないのに貸した本人がひょっこり現れて「また貸してくれ」という。

「バカじゃないの！」思いきり言った。「親が可哀そうと思わないの？　姉家族に申し訳ないと思わないの？」

　貸した私たちもバカだった。貸したその時から立場が逆転すること、借りた人はその時から強くなることを学んだ。高い授業料だった。父は貸したらあげたと思えと言っていたけれど、百円、二百円じゃない。あげたなんて思えない。思えないのなら、絶対貸さないことだ。後味の悪いお金の思い出だった。

うっぷん晴らし

　お客でもある老婦人で、ご主人が亡くなったあと、元気がなくなり下を向いて歩いて、「ガス代」を支払いに来てくれた。張り合いのない生活みたいだったので、「簡単な事務作業があるのだけれども、手伝ってくれませんか？」と言ったら、パッと顔が明るくなり「はい！　喜んで」と言った。なんと帰る後ろ姿はちゃんと前を向き、スキップをしているような足どりだった。

　事務をしながら、「ご主人とケンカした時、解消法は？」と聞いたら、笑いながら話してくれた。

「家を飛び出して、目的もなくバスに乗り、駅に着いたの、その日はお祭りをやっていて、ひょっとことかおかめがしゃくしをたたきながら、目の前に来たのよ。夫婦ゲンカしてムラムラしていたので、おどけた男の人のホッペを思い切り、たたいたの。そして走って逃げたの。もう、すごく胸がすっきりした」

と言った。本人はうっぷん晴らし成功。しかし、ひょっとこの男の人、叩かれた瞬間、目が点になったんじゃないかしら？　お客様を喜ばせようとしたことが裏目に出て、心からお悔やみ申し上げます。笑いの中に人の悲しさを感じた。

プライド

男の人で、いつも片手をポケットに入れて歩いている人がいる。風を切って歩いているような……タバコをくわえて格好いいと思っているような……私は彼に言った。

「もう年なんだから、ポケットに手を入れていると、ころんだら大変よ」

「男というのは、こういうものなんですよ。プライドを着て歩いているようなものなんです」

「プライドなんて、役に立たないわよ。それにポケットに手を入れて歩くなんて……似合うのはジェームズ・ディーンか石原裕次郎ぐらいなものよ。見ていたら危なっかしいわ」

それでも彼はやめなかった。男のロマンなのか、タバコを吸い、大型バイクに乗り風を切ってゆく。そして彼は肺ガンで亡くなった。一本気で、いつまでも少年みたいな人だった。プライドを背負って、革ジャンパーを着て、先に走って逝った。

三度の故障

新車を買って次の車検の間に三度も故障した車。車のメカに詳しくない私は三度のパニックを生じた。三度ともボランティア活動の帰路の途中だった。最初はアクセルを踏んでも、次第に反応しなくなりエンジンストップ。見てもらったが異常なしという。

二度目は交通量の多い国道。信号待ちしている時にストーンとエンジンストップ。後車からブーブー鳴らされるやら、外に出て頭を下げながら「どうぞ、どうぞ」と言いながら、車屋さんが来るまで、心臓がドキドキするやら恥ずかしいやらで、その場に立っていた。

その時、軽四の車が止まって、老夫婦のご主人が、

「どうしましたか?」

「エンジンが止まってしまって」

「じゃ、ちょっと見てみましょう」

と言って何やら、どこやら、さわってエンジンをかけてくれた。レッカー車が来ることになっていたので沿道まで上げてくれた。側にお地蔵様があった。老夫婦は私の安心した顔を見て、「大丈夫ですか?」と言い、優しい笑顔で立ち去った。

三度目は、夜道で坂道の途中、故障した。車屋さんが来るまで、寒い車の中で待った。もう、この車イヤダ! コンピュータを入れ替えたから、どこも悪くないと言っているけれど、悪いじゃない! もう信じない! 私はこの車に別れを告げた。

ハイジ

郵便局に入った途端、局員のお姉さんから「ハイジが入ってきたかと思った」という。

「えっ、アルプスの少女、ハイジ?」

「そう」

私六十八歳、似ても似つかぬ年齢のハイジだ。今日の格好は木綿のワンピースとロングエプロン、お菓子を包んでいた白いリボンを髪に結んでいた。なるほど、この格好がハイジをイメージさせたのか。早速、家に戻って姿見を見た。うーん可愛いや。

捨てずに持っていたリボンが、私の若作りのお手伝いをしてくれた。ルンルン気分になった。そうだ、もし息子に赤ちゃんができ、私の名前を呼ばせる時、「おばあちゃん」じゃなく「ハイジ」と言わせようと思った。私の名は「ハイジ」！

誰が主役？

昭和三十年代、花嫁さんはご近所参りをした。花嫁姿の近所のお姉さんは、黒地の花嫁衣裳に白い角隠し、一軒一軒親が付き添って、あいさつ参りをしたのだ。花嫁さんより、母親の方が晴れやかで、畑仕事しているおばちゃんには見えなかった。足取りも軽く娘を先導していった。

私は結婚式に出席して、いつも思うことがある。花嫁さんが、きれいなのは当たり前だが、親の方が格好良く見える。びしっと決めた黒留袖、きりりと整えられた髪、ほっとしたあの笑顔。いつか息子の結婚式にと、私も着物と帯を準備しておいた。

「母さん、グアムで結婚式をやることにしました。洋服は、皆、おそろいの貸衣裳にしました。母さん、M、L、どちら？」

「えっLです」

思いきり肩の力が抜けた。

第八章　盲亀浮木

信じる

私は時々思うことがある。友人であれ、仕事仲間であれ、夫婦であれ、信じることができる人が長く付き合うことができる人だと……。

度重なる嘘や裏切りで心が折れた時、もう信頼関係が失せる。歌の文句じゃないけれど、信じあう喜びを大切にしたいと思う。普段から信じられる人間になるよう努力しないと、今の世の中、なかなか簡単に信じられるものではない。

三十年前、京都見物で二条城に行った時、格式のあるお坊様から「物を盗むな」という教えをいただいた。一度だけでも、そのような行いをしたら、していなくても「あの人ではないかしら?」といつも思われる。信じられるということは一生の宝物だと言われた。

本当だなあー！

沈　黙

「沈黙は不要な争いを避ける方法の一つ。夫婦は大半の時を黙ってやり過ごす方が情も長続きする」――ある中国ドラマの中の言葉だ。私はそうだなあと思う。お互い言いたいことを言えば感情が先に立って、決して建設的な意見を言えない。不要な言い争いはお互いの心を傷つける。言いたいことを言えば、すっきりするかもしれないが、後味が悪い。しかし沈黙していると、相手が何を考えているのかさっぱりわからない。ただ価値観が同じなら、私は良しとする。それぞれの夫婦がそれぞれの歴史を経て今があるのだから、それも良しと思う。だが、夫婦は最後までわからない。

ある友人の話だ。父親が亡くなったその夜、母親は「父さんのことが嫌いだった。いつも私のことを、バカだバカだと言っていた。本当にイヤでたまらなかった」と……。今の今まで仲の良い親だと思っていたのにすごく驚いたと……夫婦のことは子供だって死ぬまでわからない。

知　恵

日本の平和が当たり前だと思っていた私。戦争に負けたから、もう戦争はしない平和な国だと思っていた私。外国のように徴兵制がないので、いい国と思っていた私。戦争しないのだから軍事費なんて必要ないと思っていた私。

しかし、その裏では先人たち、政治家の努力、外交が働いていた事実。努力なしではこの安心安全は有り得ないのだ。町を散歩して、のんびり買い物できる喜び、感謝しなければバチが当たる。この平和は世界中の人たちの「知恵」がなければ、維持できないのだ。

これからは力を追い求めない社会、世界と共存・共生する社会をみんなで「知恵」を出し合ってつくってほしい。心からそう願う。

暗闇の光

新型コロナの出現によって世界は変わった。それに追い打ちをかけるような豪雨災害。

これでもか、これでもかと災難はやってくる。今までコツコツと積み重ねられたものが、ある日突然、目の前で崩れ去る。信頼は不信になり、不安になり、気力もなくなる。こんな毎日の中、ふと法語カレンダーの言葉が目に留まった。

「人間は死を抱いて生まれ、死をかかえて成長する」

そうなんだ！　人間は生まれた時から「生老病死」を背負って生きているのだ。暗闇の中に、たたきつけられても、心を閉ざしても、今を生きるしかないのだ。そして暗闇の中にしか光は輝かないのだ。私たちは暗闇の中から光を探して生きるしかないのだ。

平和

誰が見ても考えても地球は悪い方へと向かっている。新聞やテレビを見るたびに、心臓がドックンドックンと重苦しくなる。どうも人間は欲が強過ぎる。戦争さえなければ、まだ救いも夢もある。だが限りない欲望に負けて歴史を顧みないところがある。火薬の導火線のごとく、火がついたら速いものだ。だが消す術もあるはずだ。早く早く気づいてほしい。

どこの国の国民も誰一人、戦争を望んでいないのに、どうしてこんな風になってゆくのだろう？　「権力」という力が人間を魔物に変えてゆくのだろうか？　『心配事の9割は起こらない』という本を読んだ。そうあってほしいと心底思う。

私は選挙に出る人にお願いしたい。心底、国と国民を思い、そのための勉強をし、殉職する覚悟で立候補してほしい。議員になることは名誉でもお金でもないことを心してほしい。

神様にお願い

娘の横田めぐみさんが拉致されて、滋さんは人生の半分を救出運動に全力をそそいだ。涙も涸れはて、血の涙を出していた横田さん。断腸の思いとは、このことだろう。「めぐみちゃんに一分でもいいから会いたい」という、切ない言葉に胸がしめつけられた。

神様、どうか、めぐみさんの夢の中でお父さんと対面させてほしい。思いきりハグして、思いのたけを話させてほしい。お互い、生きて、生まれて、良かった！　と思ってほしい。

お願い神様、現実は無理でも、夢の中ならいいでしょう？

ストレス

ストレスの根源は孤独や淋しさだって……。

じゃ、あの人の怒りは淋しさ？

じゃ、この人の無気力は孤独？

じゃ、語り合おうとしない二人はストレスの固まり？

じゃ、語り合うことをあきらめた二人はストレスから解放されないってこと？

大丈夫！　道は二つある。選ぶのは本人。

子供にしても大人にしてもひきこもりにしても、闇の中にいて孤独や淋しさには弱い。

まず、言い分を聞いてあげる。

まず、話は否定しない。

まず、その人の長所を見つける。

闇の中にいる彼らには、話を聞いてくれる人たちは光なのだ。闇から脱出することができたら、今度は闇に戻らないためにも、彼らのために私たちは何をすべきか考えよう。人間は孤独では生きてゆけないのだから！

やなせたかしさんから教わったこと

やなせたかしさんは、おしゃれには気迫が必要と言っている。姿勢を正さないと服に負ける。だから年をとるほどにおしゃれを楽しみなさいと……。そう言えば、おしゃれを楽しんでいる人は明るいし、人とよく対話をするし、見ていると年をとることも悪くないなあと思う。また、こんなことも言っていた。戦争には正義などない。だから逆転することだってある。では、真の正義とは……飢えを助けるヒーロー。これがアンパンマンの原点なのだ。

今の時代、コロナと共生しなければならなくなっているが、やなせさんはバイキンマンを登場させている。つまり共生させているのだ。弱いアンパンマンが主人公で、正義を行うことは自分が傷つくことだという覚悟も教えている。

つまり人間は傷つきやすく悲しい部分があるのだと幼児に伝えているのだ。そして大人よりも幼児の方がアンパンマンの理解者であるとのこと。

アンパンマン強し、やなせたかしさん深し!!

人相

人相はその時の環境、行動、思考などで変化してゆく。アルバムを見ても一目瞭然だ。心が病んでいた頃の写真は目が虚ろだ。その写真の私を見ると、当時が思い出され、自分が可哀想になる。ちょっと大げさかもしれないが、テープに録っていた自分の唱歌に癒されて涙が出た。「浜辺の歌」だったと思う。その時に思った。童謡唱歌で癒されるというのは本当なんだってこと……。

それからというもの、老人施設で一生懸命に歌った。ある日デパートで、病んでいた頃の私を知っている人に偶然会った。彼女は驚いて私に言った。

「顔が輝いているよ！　何かあったの？　オーラが出ているよ！」と……。

「えっ本当？　今、ボランティアで老人施設なんかで歌っているのよ」

「そうなんだ！　きっと貴女がエネルギーをあげているつもりでも、そのお年寄りの人からもエネルギーをもらっているのよ！」と……。

別れ際に「ずっと続けてネ。頑張って！　いい顔になっているよ」と言われた。その時私は、今、写真を撮ったら、きっとキラキラしているだろうなと思った。ウフフ。

与えられた場所で生きるしかない

金魚鉢の金魚は優雅に泳いでいるように見える。人間はその美しい姿に魅せられ、エサを与えて体調管理までしてやる。メダカの学校ではないけれど、小川の魚は自由がいっぱいだ。ただ、自由があるかわり危険もついてくる。弱肉強食の世界で他の動物に食べられるかもしれないし、人間に釣り上げられるかもしれない。ましてや自分のエサは自分で探さなければならない。これが宿命ならば、そこで生きるしかない。

金魚鉢の金魚は、人間を喜ばせて癒してあげるために、より優雅に舞を見せればよい。小川の魚は自由を与えられているのだから、生きている限り悠々と泳ぎまわればよい。鯉のぼりだって、子供たちを喜ばせるために空を泳いでいるではないか！

神様に質問

人間のおろかな行為に心が痛まないのですか。

私は世界のニュースを見て聞いていると心が石のごとく重くなり悲しくなります。神様は人間のおろかな行為を見ているのに、なぜ沈黙しているのですか？　自分たちで責任をとれというのですか？　人間という生き物は地球上の最高傑作だけれど、肉体には期限があるし、心の中には天使も悪魔も住みついている。花と空と月という神様からの最高の贈り物に気づいている天使もいる。何を与えても満足できない悪魔がいる。これが怖いのである。人間という命をいただいていながら、粗末にする悪魔。あーあ、神様、どうしたらいいのでしょう？　いつも質問しても一方通行なのである。

神様は大変

私の部屋には亡き父からもらってきた三体の仏像と手作りのお地蔵様、京都の貴船神社の鳴竜の鈴がある。毎朝毎晩、お願い事や一日の出来事を話したりしている。困った時の神頼みでは神様もたまったものじゃない。地球上の生き物の生き様を見なければならない。永遠の命があるからと言っても心休まる時がない。私は神様でなくて良かったと思っている。永遠の命なんていらない。寿命を全うしたら、あの世へゆきたい。永遠の極楽もいらない。ほどほどのお金と笑いと仕事があればいい。

胎蔵曼荼羅の図の中に結局は一人ひとりの心の中に仏がいるという。これは神様の作った案だなと思った。自分自身で判断しなさいと言っているようだ。それでいいと私は思う。少しは神様をゆっくりさせてあげないと可哀そう。まあ器ではないけれど人間で良かった。

ベン・ハー

テレビでハンセン病のことを笹川陽平さんの働きで知った。お父さんの良一さんもハンセン病の人たちを、なんの偏見も躊躇もなく抱きしめる。じゃ、あのベン・ハーの母娘はハンセン病だったということ？　映画の中で、みんな恐がって離れていき、目の見えない人までお金を捨てるシーン。「死の谷」と恐れられていた場所。らい病とハンセン病は同じということを知らなかった私。早く処置して薬を飲めば完治する伝染しない病気なのに、何も知らないから恐れるのだ。患者だけでなく、一般人も知るべきだと思った。

目に見える肉体の変化の恐怖、その恐怖と孤独と世間の目が心を貝にする……それは私たちの「罪」だと思った。どうぞ「自分が患者だったら」と考えてほしい。ベン・ハーの親娘は信仰心とベン・ハーの「許す心」のおかげで奇跡が起きたのかもと思った。

第九章　今生

秋風

長い長い夏の暑さが終わり、今日秋風が吹いてきた。そして大相撲秋場所で関脇の正代が初優勝した。手がまっ赤になるほど拍手した。三年前の地震、そして豪雨、心が折れるようなことを二度も経験した熊本県民には、生きるための光、そして希望が必要だった。そして県民は正代に、それを託した。正代は見事、実現させた。県民の顔は喜びと涙で、生きる力を手にした。正代は県民に大きなプレゼントをしたなあと思った。

私は、幼い頃より相撲が大好きだ。当時は柏鵬時代で私は柏戸を応援した。今、考えたら「判官びいき」のようだ。ちょっぴり弱々しかったものだから……柏戸を勝たせたいためにいつもお祈りをした。

「神様、柏戸を勝たせてください。勝ったら御飯一杯差し上げます」と……。結果、柏戸が勝つと、私はいつも三杯おかわりする御飯を二杯にした。子供心に約束をはたした。しかし今日の秋風は、ことのほか気持ちが良かった。

ツバメ

朝、居間のカーテンを開けたとたん窓にツバメがバタバタしていた。出してやろうとしても、開けた窓から出ず、いろんなところに体当たりしながら部屋中を飛びまわる。部屋中の窓を開けたが、いつの間にかいなくなった。どうして入ったのだろう？　ツバメは縁起がいいというが……あっ今日は宝くじの当選番号発表の日、うっそー！　半分信じながら新聞を見たら、三百円のみ。

それから二、三日たったある日、洗濯しようとカゴの中に手を入れたとたん、ちょっと冷たいビロードのような感触の塊が手に触った。思わず手を引いた。恐る恐るカゴの中の衣類を取り出してみると、なんとコウモリの死骸だった。鳥肌が立った。私がツバメと思っていた鳥はコウモリだったのだ。なるほど、ハズレるわけだ。

田舎の覚悟

朝、新聞を取りに玄関のドアを開けたとたん、腕にヤモリが落ちてきて「キャー」。別の日は頭にゴキブリがふってきて「キャー」。頭をたたくやらホッペをたたくやら背中をたたくやら……もうドアを開けることに覚悟がいる。

またある日は、玄関側に植えている木にヘビがいて「キャー」。あわてて玄関のカギをしめ、従業員の女の子に「助けて！」と電話した。女の子は棒を振り回し「奥さん！　いませんよ、どこかに逃げたのでないですか？」と言って戻って行った。

「良かった」……ところがドアを開けてみると、まだいるではないか！

恐がりは恐い物をさがす。だから目に入る。恐がらない人は恐い物をさがさない。だから目に入らない。私はヘビを恐がるものだから、どこに行っても見つけ出す。

墓参りに行った時、拝んでいたら、後ろの木にヘビがいる。「キャー」と逃げてきた道の石垣からヘビが出てきてまた「キャー」。さんざん振り回されて、私は墓参りしない悪い嫁になってしまった。

月

テレビで「今日は十五夜です。見ましょう」と言っていた。田舎は空が広いので、いつでもきれいな月を見ることができる。私はわざわざ見なかった。

今日は十月五日、風呂から上がり東側の窓際に月が差し込む。そして「見ろよ！」と言わんばかりに光を放っている。夜空をこんなに明るく照らすものかと思い、じっと眺め続けた。科学的なことはわかっていても月には不思議な力が宿っているように感じた。

コロナ禍で心が折れそうな私たち。心を落ちつかせようと光を放っているように見える。母が亡くなって、まだ立ち直ってない私に「見ろよ！」と言っている月に「見ました。ありがとうございます」と一礼。月はまだ言っている「見ろよ！」と。

節穴

布団に入って目が慣れた頃、天井を見ていると節穴がポツンポツンと見えてくる。天井が宇宙に思え、節穴が私という命。こんな近い距離からは、節穴は見えるが、もう屋根から➡日本国から➡地球から、もう私の存在すら見えず、時間は私の存在すら残さない。

こういうことを感じたのは小学生の頃だったかな？　私は人の命を地球目線で見たら、死を恐がっても仕方ないなあーと思った。ほんのちょっとの時間しか与えられてない命、つまり、ほんのちょっと与えられた命と思った方が、ゆかいだ。命は生まれたとたん、死に向かっている。それも「あっ」という間。人目線で考えると長い人生、生老病死を背負わされて、生きてゆかなければならない。この年になって思うことは、考えても仕方ないことは地球目線に任せ、考えて良くなることならば、人間目線でやってみる。結局、節穴でしかないと思えたから。私は節穴。

身だしなみ

父がよく言っていた。人間の身体で年を隠せないところは「首」だと。顔は化粧でごまかしても、首だけはごまかしがきかない。だから普段からクリームを塗る時は、顔だけではなく首まで塗れと言っていた。

チャイナ服は襟高でよくできているといい、首が隠れるだろうと言っていた。私は若かったけれどチャイナ服が気に入って会社にも着て行き、バスの座席にすわった時、スリットの入ったスカートが恥ずかしかった。今思うと「バカか！」と思うけれど、当時は田舎のお姉さん、なんでも「アリ」の青春だった。

身だしなみは、とりあえず気にしてはいたが、私の歩き方は「ガニ股」、ちょうど会社にガニ股の人がいて「ガニ股三羽ガラス」と笑いをとっていた。この年になって歩き方は大事で、笑いより歩き方が重要になった。

コマーシャル

テレビでトイレの便器を押し歩くコマーシャルを見ると笑ってしまう。本当に的を射ているなあーと感心する。年をとると本当に、ほとんどの人はトイレが近くなる。映画を見に行っても、「ちょっとトイレ」、カラオケに行っても「トイレに行ってくる」、食事に行っても「トイレはどこかしら?」、ましてやバス旅行の時、トイレ休憩のたびに行きたくないトイレにぞろぞろとついていく。

このコマーシャルで街の中、便器を押し歩いているお年寄りを不思議そうに見ている男の子の顔がまた面白い。私はその男の子に言うのである。

「♪坊や、大人になったらわかるわよ♪」って……。

これから行く道

老化を一番知る者は自分だ。認知を最初に感じる者は自分だ。さて、これからが本番だ。今までの道は序盤にすぎない。最後に目を閉じる時「ああー、幸せな人生だった！」と言えるかどうかは終盤にどう生きたかが問題だ。

まずは自分の身体や脳を操作することができるうちに、やりたいことをやり、背負っている荷物を少しずつ下ろしてゆく。そしてふと気がつくと、身の回りはだんだん削れ、身も心も軽くなる。握っていた手をパーにすると、誰かが手を握ってくれるし、誰かの手を握ってやることもできる。頭も心も身体も行き着くところはパーの世界。

自分だったら

私は時々、自分が認知症になったらまわりの人にどのように接してもらいたいかな……と考えることがある。ただ記憶の細胞はなくなっていくが、感情は死ぬまで生きているのである。親、兄弟、子らがわからなくなっていても心は生きている。きっと不安で不安でたまらないだろうなと思う。だから、ただ優しくしてほしいと思う。私の目を見つめて、優しい言葉をかけてほしい。そして、そっと肩をさすってほしい。私はその態度だけで、安心して眠ることができると思う。

私は今、老人施設でボランティアとして歌っている。私がいずれ入るであろう施設で、歌と笑顔を彼らのために。そして未来の私のために優しく接してゆきたい。

声

ソプラノ歌手の佐藤しのぶさんによると、あの美声は神様からの授かりもので、死んだら返すと言っていた。そして佐藤しのぶさんは亡くなった。私はふと思った。あの天才歌手美空ひばりさんも神様に返したのかなあ？　私の大好きなオペラ歌手マリア・カラスさんも、天国では、もう凡人の声なのかなあ……って。

天国では心も体も癒されて穏やかだから、もう美声はいらないのかも。私は地球上で一番の楽器は声だと思っている。声に勝る楽器はないと信じている。人間のお腹の底にためられた空気はいろんな臓器に押し上げられ、浄化され、喉の奥から出てきた時には世界でただ一人だけの声となる。この空気は血や汗、涙を感じながら声となるので心に響くのだろうと思う。こんな素晴らしい声は世界を平和にする力を持っていると信じている。

今が過去になる

ある本の作者の言葉が心をつかんだ。

「過去に心を注がない。今が過去になる。過去はやり直しがきかない。だったら今、今の積み重ねが過去になるのだから今を生きる。今を一生懸命生きる。それが過去になり、悪い結果であれ、過去のことだから忘れればよい」

わかる、わかるよ。でもできないんだ。過去のつらい経験は、ある日突然よみがえる。その当時流れていた音楽が聞こえてくると思い出す。忘れてしまいたいことは忘れず、忘れてはいけないことはすぐ忘れてしまう。なんの得もなく、ましてや負の要素の方が強いその過去は時々鎌首をもたげる。人生の後半に入った私は思う。あの過去があったから今がある。あの過去がなかったら今はない。だからあの過去を背負って、今は口角を上げて、笑顔で生きようと思う。

戻り処女

なじみの居酒屋で私はよく童謡唱歌を歌う。歌い終えたところへ酔った客が訊いた。

「あんた何歳だい？　声だけ聴いていると小学五年生か六年生みたいだけれど……」

「六十二歳です」と答えた。

「へえ、年はとっているけれど、声だけは小学五年生、戻り処女だね」

と初めて聞くような言葉を言い、みんな「うわっはっは」と笑った。私も調子に乗って笑った。

名古屋から帰省していた男の人が「故郷」を歌ってくれと言った。歌うと五千円くれた。びっくりして「いりません」と返したらママさんが「もらっときよ、嬉しかったのよ」と……。学生時代はちょっと元気が良かったみたいな人で「ありがとう。また、帰ってきたら歌ってね」と言われた。そして子供の頃を懐かしむようにビールを口にしていた。

みんな、声に出せない悩みをかかえて生きている。故郷は心のオアシスかもしれない。私は心の中でつぶやいた。「また、帰ってきてね！」と……。

白髪染め

七十歳近くなると、夫婦ともに白髪染め作戦だ。真新しい洗面台の鏡の中に染料の飛び散った跡がある。さっと拭けばとれるのに、そのままにしているのでとれない。これを言うとケンカになる。前にも書いたが沈黙しておこう。心はメラメラだが沈黙だ。

今日は私が白髪染め。洗面台の前でやっているとポタッと垂れた。「しまった！」すぐ拭いた。すぐ落ちた。「これだよ！」と心の中でほほえんだ。風呂場に戻ると白髪染めクリームはそこにある。えっ、じゃ私、間違ってシャンプー塗ったの？　黒色容器の黒色シャンプーは主人のだ！　ショック！

黒色シャンプーをドバドバつけた私の髪は、いつまでも泡だらけだった。落ちるはずだよ、シャンプーだもの。心は黒く染められた夜だった。

雲

辞書で調べると、雲は空気中の水分が細かな粒や氷片となって空に浮かんでいるもの。私の目から見た雲は、いろんな形に姿を変え、空想の世界へと導いてくれる。

「飛行機の中から雲海を見た時、ふと「ジャックと豆の木」の話が浮かんだ。作者は飛行機の上から見て構想が浮かんだのかなあ？　ジャックは雲の上をどのような感触で走ったのだろう？　幼い頃は、雷様も神様も雲の上に住んでいると思っていた私。雲の上から私たちの一部始終を見ているから、いくら嘘をついても神様だけは知っていると思った。

今は窓から見る空と雲——至福のひとときだ。父さんが死んだ時、煙となり雲の中に消えていったけれど、雲になったのかなあ。いつしか私の心は子供の頃のような空想の世界に入っていった。

究極の笑い

テレビ番組でのホスピスの先生の話。担当している末期がん患者さんが食べるのも語るのも歩くのもやっとで、最後の力をふりしぼってトイレに這っていった。家族の方も静かに見守っていた。用を足したあと、間違ってボタンを押し、口の中に水が入った。その思いがけない状況に患者さんは大笑い。それを見た家族の方も大笑い。その話を聞いた私も大笑い。

この思いがけない笑いが過緊張をほぐしてくれたそうだ。涙まで流して全身で笑う。そして笑い終えたあとは身も心も軽くなる。思いがけない笑いこそが究極の笑いだそうだ。そして、この究極の笑いは神様の贈り物だと先生は言っていた。きっとこの患者さんの病室は空気が明るくなったのではないかなと思った。

老化

老化はなんの前ぶれもなくやってくる。朝、目覚めた時に手の指がこわばっている。これは何？　握ると痛い。これって老化現象？　横断歩道を渡っている時に信号が点滅し始めた。走ろうと思ったが、えっ、足が思うように前に出ない。ウッソー！　これって運動不足？　年はとっても食欲は旺盛、その結果鏡の中の私はキャー!!　まるで「トド」。これらの現象は努力なしでは解決せず、解決しなければ明るい老後はない。「トド」をとるか「努力の貯筋」をとるか！　人間の身体というものは、赤子のように手取り、足取り、脳取りしてあげないと地盤沈下してしまうもの。死ぬまで身体を動かさないとダメになる。

私の友人に毎朝掃除をし、庭の草取り、野菜を育て、そして料理をし、夕方一時間ほど近所の人たちと散歩し、そして働きにも出ている人がいる。貯金も貯筋もしているわけだ。彼女には明るい未来、つまり明るい老後が待っている。

引退の勇気

現役を引退するのは勇気がいることだと思う。未練があるから勇気がいるのだ。私はまったく未練がないから、勇気なんかいらない。

今まで人生をかけて一生懸命頑張ってきたのだから……わかるよ。しかし、年をとるというのは身体が言うことを聞かなくなること。つまり筋力が衰えて動作が鈍くなる。これは仕方ないことで、意地を張ることではないと思う。

例えば歌手。若い時は難なく出た声も、年をとればかすれて息が続かない。若い時のスポットライトが忘れられず、ごまかしごまかしで歌う。聴く人は「失敗しなければいいのだが」と心配する。夢を売る人がファンを心配させるようになったら退くべきだと思う。

夫も引き際が悪くて私のせいにする。

「俺はやりたかったけれど、女房が他にやりたいことがあるのでというものだから」

……もういい加減休んでください。背中に「コブ」ができるほど洗車をしたじゃありませんか！　ゴム長靴の中の足は「しもやけ」を繰り返したじゃないですか！　灯油を持ち続けて腰は曲がりかけているではないですか！　もう、堂々と大きな顔で休んでください。

あなたなら、どうする？

爪がボロボロ。切っても切っても伸びる爪は変。あーあ、栄養不足かなあ？　毎朝バランスを考えて、たんぱく質も摂っているのに……。しょうがない。マニキュアでもつけて隠すか！　あれ？　何か私も加齢臭がする？　男性だけかと思っていたが、女性もするんだ！　そう言えば、下宿していた家は明治生まれのおばさん二人。

「老人が二人家にいると老人臭がするのよ、ゲタ箱に消臭剤を置いていても追いつかないよ。竜子さん、若い人連れてきてかき回してよ、夕飯ごちそうするわよ」って……。

こういう工夫も必要なんだ。私はコロンでも振りまいてごまかすか！

風呂掃除をする時、ちょっとかがむと腰が痛くって、ちょっとそのまま。

草むしりをする時、ちょっと立ち上がるのに腰に手が行って、ちょっとそのまま。

これらは主人に任せよう！　年をとってきれいに見せようとすると努力のエネルギーがいる。家をきれいにしようと思うなら、他人のエネルギーが必要だ。

グレーからカラーへ

四十歳の時、初めてガン検診を受けた。疑陽性と言われ、再検査するまでの間、毎晩泣きくれた。仕事をしていたので、昼間は何気ない顔で頑張った。しかし窓から見る景色は色がなく、グレーだった。

検査当日、結果報告は「電話するね」と夫に言い、私は一人、これから入るだろうガン病棟を見て回った。そして順番を待つあいだ、「相田みつを」の本を広げた。涙があとから、あとから出てきて読めなかった。

そして結果報告は「陰性」。なんとグレーだった景色はカラーになった。なんと、相田みつをの本が涙も出ずに読めた。なんと人間の脳は単純にできているのだなあと思った。

早速、夫に電話した。

「もし、もし、どうだった？」

嬉しさのあまり私は声にならず、嗚咽してしまった。

「ダメだったのか？」

違う違うと言いたいのだが、嗚咽して声にならない。

「そうか、ゆっくりしてこい」

受話器を切った。まあ、いいや、陰性だったから。

老人ホーム

今頃の老人ホームは介護が必要な人もいるけれど、元気なうちに入る人たちも多くなっている。医療体制ができている施設だと、悪くなっても、そのまま病院へと送り込んでくれるので安心感があるからだと思う。皆さん、明るく、人生を楽しんでいるように見える。

歌い終わって帰り支度していると、明るいおじさんが、

「お姉さん、ボクの隣の席、空けておくよ」

「はい。予約しておきます。いずれ入りますので、よろしくお願いします」

「待っているよ～♡」と……。

楽しい会話になる。施設を回っていると、トイレ、食堂、従業員の方々と否応なしに目に入ってくる。チャンスだ。いずれ入るであろう施設を、自分の目で探そうと思った。今

の時代、老人がひとり家にいると子供とか近所の人が心配する。人様を安心させるためにも施設に入る世の中になった。

笑って死ねるか

今まで気にも留めていなかった父の本棚に『笑って死ねるか』というタイトルの本が目に入った。老人ホームの経営者が書いた本で、副題は「愉しく老いる53章」とあった。これから私が辿る道であり、読んでみると思い当たる点が多くて面白く、これからの手引書になった。死ぬまで人間は重い荷を背負っているのだなあと思った。重い荷をおろした母は生ききった！　と思った。私も生ききりたいと常々思っている。年齢に関係なく、この世に思いを残すことなく、あの世に行きたいと……。

「俺のこと、心配でないのかよ～」と子が言ったら「何も心配していないよ！」と言いたい。

「あなたの選んだお嫁さんがいるでしょう。母さん、すべてお嫁さんにバトンタッチしたの。大切にしてね。思いやりは山びこみたいなもので、返ってくるものよ。二人を信じています」

実はね、父さんの母さん、つまりばあちゃんが亡くなったあと、枕の下に父さんの赤ちゃんの時の写真があったの。顔のあたりだけ丸く切ってネ。そんなものなのよ、母親って！

年をとるほど、お金がかかる

十月は母の四十九日の法要がある。ふと鏡を見ると白髪が顔を出している。「ありのまま」で、いいかなあと思っていたが、やはり老けて見える。若々しい姿で母を見送りたいなあと思い美容院に行くことにした。

大きな窓の美容院、白髪染めを待っている間、本など読まず、ずっと空と雲を見ていた。私の目と脳はいつも空を求めている。シャンプーしてくれたお姉さんに「今の政治どう思っている？」と聞いてみた。

「何も考えていません。考えると先がわからなくなって不安になる。わからない方がいい」と言う。

「この平和な日本を当たり前だと思ったらダメよ、あなたたちの若い力が必要なのよ」と言ったら、「そうですね」と言っていた。

若い人に少しでも日本の政治のことを考えてほしかったので、会話ができて良かったと思った。パーマと毛染めで一万八千七百円。わあーおしゃれはお金がかかる。

三途の川

私は絶対に七十六歳まで生きたい。父は七十六歳ちょっと手前で死んだ。父は子供たちが幼い頃「親より先に死んだら、川に捨ててやる！」と言っていた。四人とも親より先には死ななかったが、私は七十六歳までは生きてやると思う。

父の年より先に死んで三途の川の橋を渡ろうとすると、父が出てきて「なぜ父さんの生きた年まで、生きなかったのか！」と怒られ、三途の川に突き落とされるような気がする。いつまでたっても子供は親の言い付けを守りたいと思う。それが父の残した「言霊」。本当に力がある。カベにぶつかった時、生きることにつまずいた時、父の「言霊」が聞こえてくるのである。

第十章　千の風になって

子への想い

私たち子供には、いつもきれいな格好をさせてくれていた親。盆と正月は頭のてっぺんから足の爪の先まですべて新品を買ってくれる。父は公務員だったのでボーナスが出る。通い帳で母は呉服屋さんで四人おそろいのワンピースをオーダーしてくれた。修学旅行の時も洋服をオーダーしてくれた。そんな母は日本手拭で頭をぎゅっと包んだモンペ姿だった。私は母にもきれいな格好をしてほしかった。

「子供たちはきれいにしているのに、モンペ姿のお母さんはイヤだなあー！」

「何言っているの！　親がきれいな格好して子供が汚い格好していたら世間様は笑うよ。逆だったら世間様は何も言わないのよ。それに父さん、貴女たちが可愛くって仕方なくて買ってやれと言うのよ」

　母の手は仕事のせいか絆創膏だらけで、まるでミイラみたいだった。私だけバチが当たったのか「しもやけ」ができた。コタツの中で痒くなると「もういい」と言うまでもんでくれた。実は絆創膏だらけの手は痛かった。でも母の優しさに痛いとは言えなかった。

子供の感性

民話や神話、童話の本が好きで、小学生の時は図書室で借りまくった。人間の生き方や善悪を問い、自然に畏敬の念を抱くことが多く語られている。子供心に動・植物には神が宿ると思いながら本を読んだ。

　母は子供たちに「台所と便所」はきれいにしておくようにと言った。トイレをきれいにするときれいな子供が生まれる。台所のおくどさん（かまど）に上がると腰から下の病気になると脅かした。

　私は「母さんはどうして子供を脅かすの！」と反発もした。

　大地におしっこしたらごめんなさいと言うのよ。台所で熱い物を流す時はごめんなさい、ごめんなさいと言いながら流すのよと……。母にすれば、どこにでも神様は存在するのだろう。母は夜、子供たちのリクエストで恐い話をしてくれる時があった。特に語り言葉がすごく上手くて迫力があった。そのせいか今では恐い話は苦手となった。人間の感性は幼児期に育つのだなあと思った。

夜明け前

母は台所の隣の畳の間に寄りかかって寝ていた。おくどの火はパチパチと燃え、ナベには味噌汁の香りがする。母の横には弁当箱が所狭しと並んでいた。出来上がるまでのほんのちょっとの間、母は仮眠していたのだ。そのちょっとの間に私はトイレで起きた。トイレから戻ってきても母は気づかなかった。私は暖かい布団に入っても、あのちょっとの間の母の仮眠が、なぜか忘れられなかった。

女は、母は、子のため、主人のため、暗いうちから起き、弁当を作り、朝食の支度を毎日する。それが当たり前で誰もが不思議に思わない。それが悲しかった。母が、かわいそうだった。大人になり子の弁当、朝食の支度をする私。昔のようにおくどさんではなくガス炊飯器、井戸の水ではなく温水の水道。楽になった。それが当たり前の役目。わかったことは、それが苦ではないことだった。

踊りの道

私は小さい時、習い事を断念したことがある。今でも、それは私の人生でやっていれば良かったと思うただ一つのことだ。

母と夕方買い物帰りにふと「日本舞踊」のけいこ場が目に留まった。母は窓越しにのぞき込むので「お母さん、踊りやりたいの？」と聞いた。

「そうねえ〜。やりたいけれど、余裕がないわね〜」と。

あんなに踊れるのに、まだ学びたいのだなあと思った。その気持ち、今になってわかる。歌のレッスンをやっているのだけれど、学ぶほどにつまずき、学ぶほどに欲が出る。子供心に、母に踊りのけいこをさせてやりたいと思った。

テレビ番組で宝塚の「春のおどり」月組、花組もよく見ていた。母はきっと当時を懐かしみながら見ていたのだろう。舞台の中で「八文字」という遊女の歩き方があったのだが、実際にやって見せてくれた。まるで「おいらん道中」を見ているようだった。子供たちは母に大きな拍手をした。

タップダンス

子供の頃、学校から帰ると母が夕飯の用意をしていた。相変わらず定番スタイルのタオルを頭にかぶったモンペ姿に下駄。うちの台所は土間で勝手口のところだけコンクリートでできている。

「竜子、母さんのタップダンス見てみる？」

「えっ、タップダンスできるの？　やって、やって！」

初めて見る母のタップダンスショー。小さなコンクリートの上がステージだ。お客は私ひとり。モンペ姿で筋肉のついた足で軽やかな足さばき。下駄の音が様々の音色に変化し、まさにスポットライトが当たっているように輝いて見えた。ジーン・ケリーの「雨に唄えば」よりも母の方が、私の心に感動をくれた。今思えば踊りで鍛えたその筋肉のついた足は、老後の母の貯筋になっていた。

へそくり

今、思えば子供の頃の我が家の家計は自転車操業だ。給与以上の支出を通い帳でやっていたので二回のボーナスでチャラ。貯金なんて至難の業だ。私が知っているだけで「ツケ」がきく店が五つあった。他に父は洋服の仕立、時計、靴も業者の人が来てローンを組む。電器製品もすべてローン。我が家はローンレンジャーだ。

その中で母は娘の成人式用の着物一式を、母のやりくりでそろえてくれた。本当に頭が下がります。私、知っていたの、母が、ほんの少しずつ押し入れの布団の下にへそくりをためていたこと。そして私の子の成人の日、祝金をいただいた時、長い間布団の下にいたせいか、お札は前を向いたり後ろを向いたり、表だったり、裏だったり、袋の中で踊っていました。母の心のこもった祝金に涙が出ました。

生きたお金

我が子に祝金としてくれた聖徳太子、新札ではなかったのに輝いていた。母の想いが込められた古札。こんなきれいなお金はなかった。聖徳太子は生きていて、生きたお金になったのだ。今の世の中、だまして他人の口座のお金を奪ったり、高金利でなけなしのお金を取ったりして、聖徳太子、泣いているよ。どうなっているのだろう？　子供の時、親の後ろ姿を見たでしょう？　家族みんなで協力して切り抜けてきたのでしょう！　どうして他人のお金、とるの？　どうして親を悲しませるの？　自分の汗でお金を稼ぎ、聖徳太子を喜ばせてよ！　聖徳太子は言っているよ、生きたお金になりたい！　って。知っている？　生きたお金って……受け取った人もあげた人もみんな幸せな気分になるのよ。母親は死ぬまで子供のことを思っていること、忘れないで！

役目を終えた母

令和二年八月二十六日朝、母は亡くなった。九十六歳だ。施設での生活に飽きたのか、いつも会いに行くと、

「お父さんに迎えに来てというのだが、なかなか迎えに来てくれない」

と言っていた。そして私はいつも同じことを言う。

「お母さん、まだこの世でやらなくてはならない役目があるのよ。まだ終えてないのよ」

と……。

「この年でまだやることがあるのかな――？」

「あるわよ。お母さんが生きていることは私たち子供の心の拠り所なのよ。私のひとり息子の孫ができるまで見るのも役目よ」

「そうだね、見たいね」と笑った。

父が死んだあと二十六年間、四人の娘と婿殿、孫、ひ孫を守ってくれた。まさしく扇の要だった。そして吹けば飛ぶような母の身体は二十七キロになっていて、小さな骨はどこ

までも小さく、私の母に対する想いだけがどこまでも大きくなった。七十五歳で死んだ父、九十六歳で死んだ母。母さん、父さんに会えましたか？

合掌

母の顔

母の死に顔は穏やかだった。ほっとした。七ヶ月間も会いに行っていなかったので、自責の念にかられていたが、母の穏やかな死に顔は「それ」を消してくれた。

「母さん、生き切ったね」母に私は声をかけた。

すると亡き父が母のベッドサイドに現れて、「迎えに来たぞ。二十六年間、よく頑張ってくれたね。子供たちを見守ってくれてありがとう。さあ、一緒に行こう！」私は確かに父が迎えに来てくれたと思う。

生前、私が施設を訪ねるたびに母は、「父さん、迎えに来てくれないかねえ」と言い、私は「母さんはまだやることがあるのよ」と同じことを言っていた。

そして九十六歳になり、母はやっと役目を終えた。体はやせ細り、白髪になり、腰も曲がって小さくなった母。しかし父が迎えに来た午前三時過ぎ、昔のように姿勢が良く、きれいな母に戻ったのではないか。父に手を取られた母は、笑顔で旅立ったのではないかと思う。

二人のその姿を想像するだけで、私は胸がいっぱいになる。

母の言いつけ

心が、身体が、沈んでいる、涙が出ない。何かおかしい。普通の生活ができるのに、何かおかしい。歌のレッスンをしようと思うのに、心と身体が喉にふたをしてしまう。

家の前の電信柱にぶつかった。自損事故だ。一度もそんなことなかったのに……ちゃんと前を見ていたのに……何かおかしい。でも良かった！　電信柱で……。

コロナでまったく会えなかったのに、淋しくなかった。今は空になった母、風になった母、鳥になった母、何を見てもすべて母に思える。そして私を見つめていてくれている。見つめてくれているのに手の届かない母の姿に、淋しさがこみ上げる。

何も孝行しないまま逝ってしまった。生前父が言っていた言葉……親より先に「逝く」

ことが一番の親不孝者だと……じゃあ、お母さん、私元気だから親不孝者じゃないよね、お母さん、言いつけ守ってトイレ、きれいにするよ、お母さん、まだある言いつけ、守るからね。

四十九日と黒ヘビ

母の四十九日の法要が終わった。これでやっと母はお浄土に行き、父とこの法要を眺めているることだろう。みんなが思い出を語った話は、すべての婿殿に優しかったこと。弱者の味方だったこと。夜布団の中で孫たちに創作話をし、孫たちにも創作話を作らせたこと。初めて知った母の子育て。そして母の愛は台風をも進路変更させたのだ。

今日は秋晴れになった。お墓へ納骨の道中、突然私の目の前に黒いヘビがニョロニョロ現れ「ギャー」そして木の下に入っていった。また、私はお墓参りが減りそうだ。嫁ぎ先でも行かないから悪妻だし、自家でも悪い娘になりそうだ。これも「ヘビ」のせいだ。こんなにヘビが出現するのならば運に賭けてみようと思い、帰りにジャンボ宝くじを買った。お楽しみはこれからだ！　私いわく、お楽しみは作るものだ！

外野席

両親が外野席から私たちを見る立場になった。私たちも、いつか外野席に座ることになる。もう未練も何もなくさっさと外野席に座って見物する。なんだか、この世でやるべきことをやり終え、ビール片手に、この世の人たちを他人事みたいに楽しんで見物しているように思える。両親はこの世のことより、もうあの世のことで頭がいっぱいのように思える。この世のことはこの世の人がやればいいこと。あの世のことはあの世に行った人がやること。もう親を頼ってはいられない。私もやることやって、あの外野席に座って、今では飲めなくなった日本酒を飲んで、ちょっぴり野次でも飛ばしたい。

著者プロフィール

ロン・ロン（ろん・ろん）

昭和27年7月6日生まれ、大分県出身。
高校卒業後、東京の銀行に就職。
地元大分に帰って結婚。
65歳でリタイヤするまでガス・ガソリンスタンドを自営。
現在は施設で童謡・唱歌をうたうボランティア活動中。

レトロンハウスにおいでよ！

2021年5月15日　初版第1刷発行

著　者　ロン・ロン
発行者　瓜谷 綱延
発行所　株式会社文芸社
〒160-0022　東京都新宿区新宿1－10－1
電話　03-5369-3060（代表）
03-5369-2299（販売）

印刷所　株式会社フクイン

ISBN978-4-286-22479-4
JASRAC 出2101952－101